관계의 언어

관계의 언어

나를 잃지 않고 관계를 회복하는
마음 헤아리기 심리학

문요한 지음

더퀘스트

우리는 매우 정교한 사회적 동물이다.

우리의 생존은 타인의 행동, 의도, 정서를 이해하는 데 달려 있다.

자코모 리졸라티 | 이탈리아 신경생리학자

마음읽기에서 마음 헤아리기로,
판단의 언어에서 헤아림의 언어로

당신의 가까운 친구(또는 다 큰 자녀)가 몇 년 동안 어렵게 준비해서 괜찮은 회사에 취업했다고 해보자. 그런데 친구가 1년도 안 되어 대뜸 사직하겠다는 이야기를 꺼낸다. "더는 못 다니겠어. 힘들어서 그만둬야 할 것 같아." 당신은 너무 당황스럽다. 보아하니 친구는 회사를 그만두고 나서 무언가를 하겠다는 뚜렷한 계획도 없다. 그렇다면 당신은 어떻게 이야기를 할까?

"지금 제정신이야? 어떻게 해서 들어간 회산데!"

"몰랐어? 일이라는 게 다 힘든 거야. 남들은 힘들지 않아서 계속 다니는 거 같아?"

"너 지금 그만두면 분명히 몇 개월 안 가 후회한다."

"아니, 그만두고 뭘 하겠다는 계획은 있어야지!"

당신이 그 친구라면 이런 이야기를 듣고 어떤 마음이 들까? 상대가 어떤 의도로 이야기하는지 이해한다고 하더라도 선뜻 더 깊은 속생각을 드러내기는 어려울 것이다. 그렇다면 다르게 반응할 수도 있을까?

"네가 그렇게 힘든 줄 몰랐어. 어렵게 들어간 곳을 그만두고 싶을 정도였구나. 뭐가 그렇게 힘들었어?"

이러면 듣는 사람은 이해받는 느낌이 들어 자신이 무엇 때문에 힘든지 이야기할 마음이 생겨날 것이다. 그렇다면 전자의 표현들과 후자의 표현은 무엇이 다른가? 물론 '말'이 다르다. 전자의 표현들은 판단과 조언의 언어라면, 후자의 표현은 공감과 이해의 언어다. 그렇다면 이런 표현의 차이는 어디에서 비롯되는 것일까? 왜 똑같은 상황에서 우리가 하는 말은 이렇게 다를까? 말은 단지 말이 아니다. 가끔은 마음에도 없는 말을 할 때가 있지만, 기본적으로 말은 마음에서 비롯된다. 그러므로 관계의 언어가 바뀌려면 관계를 맺는 마음이 바뀌지 않으면 안 된다. 앞서 말한 두 부류의 표현이 다른 것은 마음의 작동방식이 다르기 때문이다. 간단히 말해 전자의 표현은 '마음읽기mind reading'가 작동한 것이고, 후자의 표현은 '마음 헤아리기mentalization'가 작동했다고 볼 수 있다. 이 책에서 앞으로 사용할 '마음읽기'는 자신의 느낌이나 짐작으로 상대의 마음을 판단하는 것을 말하며, '마음 헤아리기'는 판단을 유보하고 상대의 마음에서 무슨 일이 벌어지고 있는지에 관심을 기울이는 것을 말한다. 그렇기에 '마음 헤아리기'가 작동하면 섣부른 판단이나 조언이 아니라 상대에게 공감하고 상대를 이해하기 위한 대화가 오갈 수 있다.

사실 사람의 마음을 파악하는 것은 생존의 문제이기도 하다. 상상의 나래를 펴보자. 인류의 조상은 기후변화를 맞아 나무에서 초원으로 내려왔던 것으로 보인다. 이로 인해 생존의 위험은 극도로 높아졌다. 숱한 포식동물이 도사리고 있는 초원에서 우리의 조상은 어떻게 안전을 확보할 수 있었을까? 빨리 달리지도 못하고, 근력도 약하고, 날카로운 이빨이나 발톱도 없는데 말이다. 방법은 하나다. '뭉치는' 것. 인류는 살아남기 위해 개별적 생존이 아닌 집단적 생존을 선택했다. 초기 인류는 나뭇가지나 돌덩이 등을 들고 주위를 경계하며 똘똘 뭉쳐 돌아다녔을 것이다. 협력하기 위해 서열을 짓고 눈빛과 표정, 소리와 몸짓을 통해 리더의 생각과 의도를 '재빠르게' 읽어내고 일사불란하게 행동했을 것이다. 생존이 달린 상황에서는 이해나 소통보다 신속한 판단이 무엇보다 중요했고, 이 유산은 오늘날 우리 뇌에 고스란히 담겨 있다. 우리는 상대의 말과 행동을 있는 그대로 보지 않는다. 상대의 말과 행동에 담긴 의도, 욕구, 생각을 빠르게 읽어낸다. 이를테면 눈빛이나 표정만으로도 적인지 아군인지 신속하게 판단한다. 이 능력은 아직 언어가 없던 인간이 느낌과 짐작으로 상대의 마음을 판단하는 원시적 장치로서 '마음읽기' 체계라고 할 수 있다. 이 과정은 신속하지만 정확도는 떨어진다.

그러나 언어가 출현하고 정착생활을 하고 친족 범위를 넘어 대규모 사회가 형성되면서 인간관계는 전과 비교할 수 없이 복잡해졌다. 속으로 느끼는 것과 겉으로 표현하는 것이 다르고, 앞에서 말하는 것과 뒤에서 말하는 것이 달라졌다. 생존과 투쟁을 위한 단순한 협력이 아니라 사회적 공존과 분업을 위해 복잡하고 정교한 협력이 요구되었다. 신체감각에 기초한 느낌과 짐작이 아니라 언어에 기초한 이해와 소통이 중요해졌다. 인간의 마음을 파악하고 소통하기 위한 또 다른 체계가 필요하게 된 것이다. 바로 숙고와 대화를 통해 사람의 마음을 파악하는 '마음 헤아리기' 체계다. '마음 헤아리기'는 '마음읽기'보다 느리지만 더 정확하다. 겉으로 드러나는 표현 외에 맥락과 상황을 살피고, 대화에서 추가 정보를 얻기 때문이다. 인간은 진화 과정에서 사람의 마음을 파악하는 두 체계를 갖춤으로써 거대한 연결망을 구축할 수 있었다. 마음읽기가 인류 태동기인 약 500~700만 년 전부터 기능해온 아주 오래된 구체계라면, 마음 헤아리기는 언어가 출현하고 약 3~5만 년 전부터 나타난 신체계라고 할 수 있다. 이 둘은 상호보완적이다. 간단히 말해 마음읽기가 '빠른 이해'라면 마음 헤아리기는 '느린 이해'인데, 이 두 체계가 균형을 이뤄야 건강한 관계를 유지하고 발전시킬 수 있다.

인간관계에 어려움을 겪는 사람들의 공통점은 이 두 체계에 모두 문제가 있거나, 아니면 마음읽기만 발달하고 마음 헤아리기가 발달하지 않은 데 있다. 그 원인은 선천적일 수도, 후천적일 수도 있다. 예를 들어 자폐스펙트럼장애가 있는 사람은 두 체계 모두 결손을 가지고 태어나기에 마음읽기와 마음 헤아리기가 작동하지 않는다. 후천적 원인의 예로는 어린 시절의 부정적 경험을 들 수 있다. 아동·청소년기에 과도한 스트레스에 노출되거나 정서적으로 방치되면 마음 헤아리기 체계가 발달하지 않는다. 마음 헤아리기는 정서적 헤아림을 받아야 발달하기 때문이다.

인간관계의 어려움 때문에 상담실에 오는 사람은 관계를 중요하게 여기지 않거나 관계를 개선하기 위해 노력하지 않는 사람들이 아니다. 이들은 누구 못지않게 관계를 중시하고 좋은 관계를 위해 노력한다. 그렇다면 무엇이 문제인가? 이들은 자신과 상대의 마음을 제대로 이해하지 못한다. 더 큰 문제는 부정확한 마음읽기로 인간관계를 맺기 때문에 상대의 마음을 잘 모르면서도 잘 안다고 생각한다는 점이다. 이들은 상대의 말과 행동으로만 상대를 단정하고 자신의 느낌을 사실화하는 데 익숙하다. '이 사람은 나빠. 느낌이 안 좋아.' '이 사람은 좋아. 지난번에 나한테 잘해줬으니까.' 이런 생각은 언어로도 드러난다. 이들의 대화는 성급하고 판단적이고 감정적인 표현이 많거나, 마음을 감추고 마음과 반대로 표현한다.

그에 비해 자녀와 안정적 애착을 맺는 부모, 시간이 갈수록 사랑이 깊어가는 커플, 서로 힘이 되어주는 친구, 일터에서 잘 소통하고 협력하는 이들은 사람을 섣불리 판단하지 않고 상대의 마음을 이해하려고 노력한다. 눈치를 보고 어림짐작하는 게 아니라 말과 행동뿐 아니라 상황과 맥락을 살피며 대화를 통해 상대를 이해한다.

이들은 가까운 사이라도 상대가 자신과 다른 마음을 가진 개별적 존재라고 생각한다. 따라서 상대의 마음을 잘 모를 수 있다고 가정하고 상대의 마음을 알고 싶어한다. 이들의 대화는 신중하고 비판단적이고 궁금함이 담겨 있으며, 속마음과 표현이 조율되어 있다. 상대의 마음만이 아니라 자신의 마음도 헤아리기 때문이다. 이들은 관계 안에서 자신의 감정과 욕구가 무엇인지 알아차리고 상대에게 자신이 원하는 것을 이야기하고 상대가 이해할 수 있도록 대화를 이끌어가는 능력이 있다. 인내와 희생으로 혼자 관계를 끌고 가는 게 아니라 소통과 협력으로 상생의 관계를 만들어가는 것이다.

내가 점점 작아지는 관계는 좋은 관계가 아니다. 좋은 관계란 '나, 너, 우리'가 모두 커지는 상호확장의 관계이며, 이는 마음 헤아리기를 통해 만들어질 수 있다. 인지 학습에서 IQ가 중요하듯 인간관계에서는 '관계지능'이 중요하다. 관계지능의 핵심이 바로 마음 헤아리기다.

2018년에 나는 인간관계를 바운더리boundary 관점에서 바라본 《관계를 읽는 시간》을 펴냈다. 나와 타인의 심리적 경계라고 할 수 있는 바운더리가 건강해야 서로 좋은 인간관계를 만들어갈 수 있다는 것이 핵심 내용이다. 그 책에서 나는 자기보호와 더불어 상호 교류를 잘하는 것, 자기와 관계의 역동적 균형을 맞춰가는 것의 중요성을 강조하면서 짧게나마 '마음 헤아리기'를 언급했다. 그런데 최근 인간관계와 관련한 메시지를 보면 크게 우려스러운 점이 있다. 건강한 바운더리의 핵심이 마치 '자기주장'이나 '선 긋기'인 것처럼 온통 거리두기나 자기보호만을 강조하고 있다. 그래서일까? 친밀함을 나누는 관계가 줄어들고 점점 고립되어가는 사람이 많아졌다. 어렵더라도 우리는 '서로가 좋은' 관계를 만들어가야 한다. 물이 흐리다고 물고기가 물을 떠날 수 없는 것처럼 관계가 힘들다고 관계를 떠나 살아갈 수 없지 않은가! 지금 시대에 마음 헤아리기가 더욱 중요한 이유다.

마음 헤아리기 치료mentalization-based treatment, MBT를 창안한 정신분석학자 피터 포나기Peter Fonagy는 마음 헤아리기를 '사람의 마음을 이해하는 능력'이라고 보았다. 마음 헤아리기 이론에 관한 본격적인 대중서라고 할 수 있는 이 책에서 나는 왜 마음 헤아리기가 인간관계의 핵심 능력인지를 소개하고자 한다. 또한 독자들이 심리학 이론을 자신의 삶과 관계에 접목할 수 있도록 몇 년간 진행해온 마음 헤아리기 워크숍의 방법론과 경험을 이 책에 담았다.

관계가 가까워질수록 자기가 작아지는 사람, 관계가 오래 지속 되지 못하고 자꾸 끊어지는 사람, 대화로 갈등을 풀려고 하지만 늘 제자리걸음을 하거나 대화할수록 꼬이는 사람, 공감능력이 부족하 거나 반대로 과해서 부담스럽다는 말을 듣는 사람, 자신은 상대를 위하는데 정작 상대로부터 좋은 이야기를 듣지 못하는 사람, 상대 의 마음은 헤아리지만 막상 자신의 마음은 헤아리지 못하는 사람, 사람을 이해하기가 너무 어렵다고 느끼는 사람에게 이 책이 도움 이 될 것이다.

한마디 덧붙이자면, 나는 이 책을 단지 개인 대 개인의 관계만 을 위해 쓰지 않았다. 우리 사회는 갈수록 갈등과 분쟁, 증오와 혐 오로 들끓고 있다. 사회를 하나의 유기체로 본다면 우리 사회의 마 음 헤아리기 능력은 매우 빈약한 셈이다. 마치 아동기에 정서적으 로 방치되었던 이들과 비슷하다. 부정적 경험이나 트라우마는 개 인 차원에서만 일어나지 않는다. 우리 사회는 역사적으로 식민지 지배, 한국전쟁과 분단, 군부독재에 이어 가까이는 세월호와 이태 원 참사 등 고통스러운 사건을 끊임없이 겪어왔다. 그 과정에서 사 회적 마음 헤아리기 능력 역시 제대로 발달하지 못했다. 대한민국 은 공존과 협력을 위한 마음 헤아리기보다는 생존과 투쟁을 위한 마음읽기가 지나치게 발달한 상태다. 그렇다 보니 회피와 부정, 분 열과 투사 등 미숙한 방어기제가 사회 전체에 팽배해 있다. 제대로 된 치유와 회복을 거치지 못했기에 갈등을 풀어낼 수 있는 심리적 자원이 너무나 부족한 것이다. 우리 사회 자체가 외상후스트레스 장애에 시달리고 있다고 볼 수 있다. 나는 우리 사회의 마음 헤아리기 역량이 높아지기를 바라는 마음으로 이 책을 썼다.

이 책은 총 4장으로 이루어져 있다. 1장에서는 '왜 인간관계는 아무리 노력해도 힘든지' 살펴본다. 이를 통해 마음 헤아리기가 무엇이고 얼마나 중요한지, 그리고 마음 헤아리기가 결핍된 채로 이루어지는 배려와 노력이 때로 어떻게 관계를 단절시킬 수 있는지 얘기하겠다. 2장에서는 마음 헤아리기 능력이 어떻게 발달하고 인간관계에 어떤 영향을 주는지를 이야기한다. 또한 마음읽기와 마음 헤아리기에 따른 언어가 어떻게 다른지 살펴보겠다. 3장에서는 마음 헤아리기가 잘 작동하려면 무엇이 필요한지 살펴본다. 이 요소들은 마음 헤아리기 능력과 언어를 발달시키는 데 아주 중요하다. 마지막 4장은 마음 헤아리기의 '대화편'이다. 마음 헤아리기는 상대의 마음을 반사적으로 '읽어내는' 마음읽기가 아니다. 우리에게는 상대의 마음을 궁금해하고 헤아림의 언어를 통해 상대의 마음을 이해하는 마음 헤아리기 대화가 필요하다.

독자 여러분에게 몇 가지 설명할 것이 있다. 첫째, 이 책을 쓰는 데는 피터 포나기 박사를 필두로 하는 마음 헤아리기 연구자들의 저서와 연구자료들이 큰 도움이 되었다. 그러나 그들의 연구는 인격장애 환자의 치유 등 임상에 치우쳐 있다는 한계가 있다. 나는 이를 보편적인 인간관계에 적용하고자 했다. 그러다 보니 이 책에서 말하는 '마음 헤아리기'의 개념과 연습방법이 포나기 박사 등과 조금 차이가 있다는 점을 앞서 말씀드린다. 특히 애착외상을 겪어 마음 헤아리기 자원이 몹시 빈약한 이들에게 이 책은 명백한 한계가 있다. 혼자 책을 보고 응용하기보다는 전문가의 상담을 받고 체계적인 연습을 하기를 권한다. 둘째, 인간에게 사람의 마음을 파악하는 두 가지 시스템, 곧 마음읽기와 마음 헤아리기가 있다고 표현한 것은《생각에 관한 생각Thinking, Fast and Slow》을 쓴 행동경제학의 대부 대니얼 카너먼Daniel Kahneman의 견해를 차용한 것임을 밝혀둔다. 카너먼은 왜 인간이 합리적인 판단과 결정을 잘 못하는지를 설명하면서 인간의 사고체계를 '빠르게 생각하기fast thinking'와 '느리게 생각하기slow thinking'로 구분한 바 있다. 나는 이 두 가지 사고체계가 인간관계 안에서 작동하는 것을 마음읽기와 마음 헤아리기로 구분했다. 셋째, 이 책에서 쓰고 있는 '마음읽기'라는 용어는 마음 헤아리기 이론에서는 언급되지 않는다. 그리고 사회심리학자 윌리엄 이케스William Ickes가 공감과 비슷한 개념으로 사용한 '마음읽기mind reading'와도 어휘는 같지만 담고 있는 개념이 다르다. 이 책에서 마음읽기란 공감이나 이해를 가리키는 것이 아니라 '사람의 말과 행동의 의도를 느낌과 짐작으로 속단하는 것'을 의미한다. 이 점 유의해주시길 바란다.

마음 헤아리기는 '사람의 마음을 중심에 두고 관계를 맺는 상태'를 말한다. 그럴 때 마음과 마음이 만난다. 관계가 깊어진다.

'사람에게는 마음이 있다'
'마음과 마음은 만나야 한다'
'관계는 마음 헤아리기로 더 깊어져야 한다.'

이 책을 통해 내가 하고 싶은 이야기다. 우리는 마음이 있다. 당신의 마음과 나의 마음은 다르다. 그러나 마음은 서로 연결되기를 바란다. 우리는 몸의 포옹뿐 아니라 마음의 포옹을 원한다.

2023년 겨울 초입에

차례

1장

관계에서 가장 중요한 것

왜 인간관계는 아무리 노력해도 힘든가?

2장

서로 좋은 관계로 가는 길

마음 헤아리기는 어떻게 관계를 변화시키는가

3장

마음 헤아리기의 작동

어떻게 마음을 헤아릴 것인가?

4장

관계의 언어

마음을 헤아리는 4단계 대화

관계에서 가장 중요한 것

왜 인간관계는 아무리 노력해도 힘든가?

1 존중의 핵심

그 얘기 이제 안 하기로 했잖아

결혼 6년 차인 진형은 결혼 초에 아내 명주와 크게 다툰 일이 있다. 전 여자친구를 두 번 만났는데 이를 아내가 알게 된 것이다. 사실 전 여자친구에게 별다른 감정은 없었다. 오히려 상대 쪽에서 진형에게 감정이 남아서 자꾸 연락을 해왔다. 자신과 헤어진 뒤에 많이 힘들어했다는 것을 알고 있었기에 마음 한구석에 늘 미안한 마음이 있었다. 그래도 만나지는 않고 문자나 통화만 가끔 하는 정도였다. 그러다가 결혼 2년 차에 전 여자친구가 크게 힘들어하는 일이 있어 두 번 만나 위로를 건넸는데, 어쩌다가 아내가 이 사실을 알고 말았다. 아내는 크게 화를 냈다. 진형은 아내가 자신을 음흉한 사람 취급을 해서 불쾌하고 화가 났다. 하지만 어찌 되었든 자신이 빌미를 제공했다는 생각에 곧바로 아내에게 사과했다. 전 여자친

구와의 관계도 확실히 정리했다. 만나는 것은 물론 문자도 하지 않
겠다고 약속했다. 그렇게 일단락이 되는 줄 알았다.

　그런데 그 뒤로 아내는 진형에게 섭섭한 일이 생길 때마다 그
이야기를 꺼낸다. 진형은 도무지 아내를 이해할 수가 없다.

무엇이 더 중요한가?

진형은 아내가 그 이야기만 꺼내면 화가 난다. "도대체 언제까지
그 이야기를 할 건데!" 한번은 참다못해 다시는 그 이야기를 꺼내
지 않기로 약속까지 해두었다. 그런데 아내는 속상한 일이 있으면
약속도 아랑곳없이 그 이야기를 꺼낸다. 그러다 보니 언제부터인
지 대화가 싸움으로 끝나기 일쑤이고 좋은 분위기에서 대화를 마
무리한 적이 별로 없다.

　이렇게 갈등이 풀리지 않는 커플들은 특징이 있다. 시시비비를
가리고, 이기고 지는 것을 무엇보다 중요하게 여긴다. 대화는 늘
누구 잘못이 큰지 따지는 방향으로 흘러간다. 부부 상담을 하러 와
서도 마찬가지다. 화해하기 위해 왔다면서 상대의 문제점을 설명
하느라 여념이 없다. 이들은 머리로는 상대를 존중해야 한다는 사
실을 잘 알지만 무엇을 존중해야 하는지는 잘 모른다. 존중의 핵심
은 무엇일까? 가장 중요한 것은 '감정의 존중'이다. 그러나 우리는

상대의 감정을 존중하지 않는다.

내가 화를 내는 것은 그럴 만한 이유가 있고, 상대가 화를 내는 것은 예민하기 때문이라는 비대칭적 기준을 가진 사람이 흔하다. 진형으로서는 그저 답답할 것이다. 왜 자꾸 지난 일을 끄집어내어 문제를 더 꼬이게 하는지 도무지 이해가 안 갈 것이다. 사과도 하고 행동으로 약속을 지키는 모습을 보여줬는데도 왜 여전히 그 일을 잊지 못할까.

그러나 바로 그것이 상처의 본질이다. 나에게는 아무렇지도 않은 일이 상대에게는 큰 상처가 될 수 있고, 이제는 그만 생각해야 한다고 결심해도 자꾸 떠오르는 것이 상처다. 아내는 신혼 초에 겪은 배신감이 해소되지 않은 채 마음속에 여전히 남아 있다. 어떤 감정이 이렇게 사라지지 않고 마음에 오래 남아 있는 것, 그것이 바로 상처다. 상처 난 감정은 사과를 받는다고 해서 바로 치유되지 않고 그만 덮어야겠다고 결심해도 마음대로 되지 않는다.

아내는 아내대로 억울하고 분했다. 남편이 자기 몰래 전 여자 친구를 만난 것은 자신이 임신하고 있을 때였다. 임신한 몸으로 힘들게 회사에 다니는 시기에 그런 일이 벌어졌다는 게 아무리 생각해도 용납이 되지 않았다. 자신에게 들키지 않았다면 계속 만나려던 것 아니었나? 그런데 남편은 들키고 난 뒤로도 당당했다. 어떻게 이런 일 가지고 잔소리를 하느냐는 식이었으며, 대충 사과하고 넘어가려 했다. 관계 정리도 자신이 하라고 해서 마지못해 했을 뿐이다. 그때 이런 의구심이 들었다. '이 남자를 평생 믿고 살아갈 수 있을까?' 남편에 대한 믿음이 깨져버렸지만 배 속 아이에게 나쁜 영향이 갈까 봐 그 일로 싸우고 싶지 않았다. 마음이 풀린 게 아니라 그냥 넘어간 것이었다. 그래서인지 서운한 일이 있을 때마다 그일이 떠오른다. 그런데 그 이야기만 꺼내면 남편이 도리어 화를 내는 것이 아닌가!

명주는 진형에게 이런 이야기를 했다. 그때 당신이 나를 대하는 태도를 보며 '내가 이 사람에게 가장 소중한 사람인가?'라는 불신이 자리잡았다고. 상담이 이어지면서 진형은 아내의 이야기를 충분히 들어주지 못했음을 인정했다. 아내가 그 이야기를 자꾸 꺼내는 것은 자신의 도덕성을 의심해서가 아니라 서러운 마음을 이해받지 못해서임을 받아들일 수 있었다. "왜 또 그래? 그 이야기는 이제 안 하기로 했잖아!"라는 말은 그다지 도움이 되지 않는다는 것 또한 깨달았다. 나는 그에게 물었다.

"그렇다면 앞으로 부인이 또 그 이야기를 꺼내면 진형 님은 어떻게 이야기하면 좋겠습니까?"

진형은 자기 처지에서 생각하기보다는 아내의 마음이 되어 어떤 이야기를 듣고 싶을지 떠올려보고는 이렇게 이야기했다.

"아직도 그 일이 생각나는 걸 보니 그때 정말 속이 상하고 나에게 실망했나 보다. 그랬어?"

나는 아내의 눈을 보며 한 번 더 이야기해보라고 했다. 아내는 연신 눈물을 흘렸다. 남편의 말에서 진정성이 느껴졌을까? 가슴 한 구석에 답답하게 맺혀 있던 무언가가 녹아내리는 것같이 보였다. 당신에게도 전에는 좋아하는 사이였다가 지금은 죽도록 미워하는 사람이 있을지 모른다. 가까운 누군가와 갈등을 풀지 못해 고통을 겪고 있을지 모른다. 그런 관계를 어떻게든 끝장내고 싶기도 할 것이다. 하지만 당신과 마찬가지로 상대 역시 자신의 감정을 존중해 주고 진심을 알아주기를 바라지 않겠는가?

갈등으로 고통받는 마음을 들여다보면, 그 마음이 진정으로 원하는 것은 단순하다. 갈등을 풀고 서로를 이해하고 깊이 연결되는 것이다. 그렇다면 고통스러운 관계를 서둘러 정리하기에 앞서 자신이 할 수 있는 데까지 노력을 기울일 필요가 있다. 무엇이 맞고 틀렸는지, 누가 더 잘못했는지를 끝까지 따지기보다 무엇 때문에 힘들고 상대에게 진정으로 원하는 것이 무엇인지를 이야기 나누는 것이 우선이다.

한 번 잘못했는데 네 번을 사과해야 한다고?

인간관계는 쉽지 않다. 좋은 관계였는데 다툼 한 번으로 마음이 상하고 관계가 단절되는 경우가 많다. 그리고 한 번 깨진 관계를 다시 되살리기도 어렵다. 왜 그럴까? 우리나라 말에서 감정을 표현하는 말들을 살펴보면 7 대 3 정도로 부정적인 감정을 표현하는 어휘가 긍정적인 감정어보다 많다. 우리나라만이 아니라 거의 모든 문화권에서 비슷한 현상이 나타난다. 인간은 부정적인 사건이나 정서를 더 강하게 경험하고 오래 기억하기 때문이다. 누군가의 비판은 두고두고 생각나는데 어떤 이의 칭찬은 쉽게 잊히고, 나를 째려보는 얼굴은 잘 찾아내지만 나에게 미소 짓는 얼굴은 흘려보내기 쉽다. 액수가 똑같아도 이익의 기쁨보다 손실의 고통을 더 크게 느낀다.

그래선지 '트라우마'라는 말은 있어도 그와 반대되는 말은 존재하지 않는다. '외상후스트레스장애PTSD'라는 개념은 이제 상식이지만 '외상 후 성장'이라는 개념은 어쩐지 아직 낯설다. 이렇게 부정적인 사건이나 정서가 우리에게 더 강력하게 영향을 끼치는 현상을 심리학에서는 '부정성 편향negativity bias'이라고 한다. 사람마다 정도의 차이가 있을 뿐 보편적 현상이다. 아주 먼 옛날로 거슬러 올라가면 인류의 조상은 사냥을 했지만 사냥감이 되기도 쉬웠다. 전체 먹이사슬에서 잘해야 중간쯤 갔을 것이다. 그런 상황에서 어떤 자극이나 상황을 좋은 쪽보다는 안 좋은 쪽으로 판단하려는 '부정성 편향'은 외부의 위험으로부터 인간 자신을 보호하는 생존전략이 될 수 있었다.

오늘날 맹수들의 위협은 사라졌어도 인간의 뇌는 부정성 편향을 지닌 옛날의 뇌 그대로다. 이런 특성 탓에 우리는 유쾌한 감정은 주의를 잘 기울이지 않고 흘려보내는 데 비해 불쾌한 감정에는 주의를 기울이고 오래 기억한다. 그렇기에 불쾌한 감정은 유쾌한 감정에 비해 떨쳐내기 힘들고 오래간다. 심리학자 랜디 라슨Randy Larsen은 긍정적 감정에 비해 부정적 감정의 강도가 세 배가량 높다고 보았다. 이런 부정성 편향을 바탕으로 하는 심리 법칙이 '4의 법칙rule of four'이다. '나쁜 일 한 가지의 강한 영향력을 상쇄하려면 좋은 일 네 가지가 필요하다'는 의미다. 이 법칙은 인간관계에도 고스란히 적용된다. 예를 들어 부부가 말다툼을 한 번 하고 나면 다정한 대화를 네 번은 나눠야 관계가 회복된다는 얘기다.

여러분은 혹시 이런 경험이 있는가? 당신이 누군가에게 상처 주는 말이나 행동을 했다. 그걸 알아차린 당신은 충분히 사과하고 상대에게 잘해주었다. 당신은 분명 할 만큼 했다고 생각했다. 그런데 이상하게도 상대의 마음은 여전히 풀리지 않았다. 이럴 때 당신은 어떤 마음이 들겠는가? 상대가 이해되지 않고, 지나치게 예민한 사람이라고 생각할 수 있다. 화가 날지도 모른다. '도대체 원하는 게 뭐야?' '내가 이 이상 뭘 어떻게 해줘야 해?' 이쯤 되면 도리어 사과하기 전보다 사이가 더 나빠지기도 한다. 앞에서 이야기한 진형과 명주 부부처럼 말이다.

여기서 인간이 보편적으로 가진 '부정성 편향'과 더불어 4의 법칙을 떠올려보자. 그러고 나면 자신이 상대에게 저지른 잘못 하나를 사과 한 번이나 좋은 일 한 번으로 이른바 '퉁치기'가 쉽지 않아 보인다. 내가 저지른 잘못보다 더 큰 노력이 필요하다. 예를 들어 4의 법칙을 그대로 적용한다면, 당신은 상대에게 한 번 잘못하면 네 번은 사과해야 한다. 만약 당신이 자녀에게 한 번 호되게 야단을 쳤다면 네 번은 부모로서 애정을 표현하거나 칭찬해줄 필요가 있다. 어렵지만 어쩌겠는가. 좋은 관계를 만들어가려면 우리가 생각하는 것보다 많은 시간과 노력이 필요하다. 반면에 기껏 이뤄놓은 좋은 관계가 무너지는 것은 순간이다. 단 한 번의 실수로도 관계는 깨질 수 있다. 뼛속 깊이 사회적 존재인 인간이 관계에서 받는 상처에 특히 예민하기 때문이다.

이렇게 공든 관계가 무너지면 우리는 걷잡을 수 없이 허탈감과 무력감에 빠져든다. 그리고 이런 일이 거듭되기라도 하면 점점 '거리 두는 관계'를 선택하게 된다. 하지만 인간의 부정성 편향을 기본적으로 숙지하고 있다면 상대를 예민하다고 비난하거나 관계에 거리를 두기보다는 상대를 좀 더 이해하고 마음을 풀도록 노력할 여지가 생길 것이다.

2 대화는 연습이다

말하지 않으면 귀신도 모른다

당신이 몸이 가려워서 옆에 있는 사람에게 긁어달라고 요청한다. 그런데 이 사람이 자꾸 엉뚱한 곳을 긁는다. 당신은 슬슬 짜증이 난다. 그러는 사이 상대 또한 해달라는 대로 해줬는데 왜 시원해하지 않느냐며 짜증을 낸다. 그런데 그전에 확인해볼 게 있다. 당신은 상대에게 어디를 긁어달라고 요청했을까? 정확한 위치를 알려줬다면 제대로 알아듣지 못한 상대의 문제일 것이다. 그런데 당신이 정확히 이야기한 게 아니라 그저 등이 가렵다고만 두루뭉술하게 이야기했다면 당신에게도 적잖은 책임이 있다. 물론 상대가 물어볼 수도 있다. "어디를 긁어줄까?" 그리고 긁어주면서 "여기 맞아?"라고 확인을 한다면 상대의 가려운 곳을 정확히 긁어줄 수 있을 것이다. 인간관계에서는 서로의 가려운 곳을 긁어주지 못하는 경우가 허다하다. 상대를 위해 무언가 노력을 했는데 정작 상대는 만족해하지 않는다면, 그 이유는 무엇일까?

당신과는 대화가 안 돼

어느 신혼부부 이야기다. 휴일 오후에 아내가 남편에게 묻는다.

"배고프지 않아?"

"아니!"

남편은 짧게 대답하고 다시 노트북을 바라본다. 표정이 굳은 아내는 괜히 소리 내어 냉장고 문을 열었다 닫았다 한다. 아내는 내심 남편이 자신에게 "자기는 배고파?"라고 물어주기를 기대했기 때문이다. 더 나아가 무엇을 먹고 싶은지 물어주고, 밖에 같이 나가기를 바랐다. 그런데 남편은 전혀 그럴 기미가 없다. 아내는 자기 마음을 몰라주는 남편에게 기분이 상했다. 한참 지나 묻는 말에 대답도 하지 않는 아내를 보고 남편이 묻는다.

"왜 그래? 기분이 안 좋아?"

아내는 "아니!"라고 퉁명스럽게 대답한다.

남편이 다시 묻는다.

"얼굴에 불만 있다고 쓰여 있는데…… 왜 그래?"

아내는 그제야 속마음을 이야기한다. 이야기를 들은 남편은 아내가 이해되기에 앞서 짜증이 나서 퉁명스럽게 한마디 던진다.

"아니, 그러면 처음부터 '나 배고프니까 같이 뭐 먹으러 가자!' 라고 얘기를 하면 되잖아. 그게 뭐가 어려워?"

이 말에 아내는 마음이 더욱 상한다.

"우리 사이에 꼭 일일이 말을 해야 알아? 배고프지 않냐고 물어보는 건 누가 들어도 '나 배고파'라는 의미잖아. 그럼 다시 좀 물어봐주면 안 돼?"

남편도 물러서지 않는다.

"그 이야기를 누가 그렇게 들어? 그냥 나더러 배고픈지 물어보는 것으로 듣지! 돌려서 말하지 말고 그냥 있는 그대로 물어보면 어디가 덧나?"

대화는 급기야 침묵으로 끝이 난다. 이들은 '역시 너랑은 대화가 안 돼!'라고 각자 결론짓고 입을 닫는다. 과연 다음번에는 대화의 전개가 달라질까? 둘 중 누구 잘못이 더 클까?

아내의 표현은 우회적이고 남편의 표현은 직선적이다. 아내는 원하는 것이 있지만 돌려 말하고, 남편은 원하는 것은 바로 이야기하는 편이다. 그러다 보니 대화가 잘 통하지 않는다. 아내는 정확히 어디가 가려운지 이야기하지 않고, 남편은 상대의 가려운 곳이 어디인지 별로 알려고 하지 않는다. 대화의 맥락을 파악하지 않고 그냥 표현한 대로만 듣는다. 아내는 남편을 '말귀를 못 알아듣는 사람' '공감하지 못하는 사람'으로 규정한다. 남편은 아내를 '의

사표현을 제대로 못하는 사람' '늘 물어봐주기를 바라는 사람'이라고 규정한다. 둘은 대화방식을 조율하려는 생각은 하지 않고 서로 자신과 맞지 않는 사람이라고만 생각한다.

대화가 어려운 이유는 결국 연습 부족이다

둘이 부딪치는 일은 한두 가지가 아니다. 아내는 공감을 바란다. 그러나 남편은 해결책만을 제시한다. 예를 들어 아내가 요리 실력이 늘지 않아서 속상하다고 하면 남편은 시켜먹자고 하고, 회사 팀장이 일을 주먹구구식으로 시켜서 힘들다고 하소연하면 "그 사람이 상사인데 어쩌겠어? 그냥 대충 해"라고 대답한다. 아내는 남편이 늘 건성으로 듣고 건성으로 대답하는 느낌이 든다. 매번 자신에게 필요한 것은 해결책이 아니라 공감이라고 얘기하지만, 남편은 달라지지 않는다.

사실 남편도 평소에는 공감해주고 싶다. 그러나 아내가 원하는 공감이 도대체 무엇인지 감이 오지 않는다. 나름 노력해봐도 아내는 공감을 받았다는 느낌이 없다고 한다. 그러다 보니 공감이라는 말만 들어도 짜증이 난다.

인간관계에서 중요한 것은 단순한 노력이 아니다. 똑같은 시간과 노력을 들이더라도 상대가 원하는 것을 상대가 원하는 방식으로 해주면 고맙다는 소리를 듣지만, 그러지 못하면 좋은 소리를 못 듣는 경우가 허다하다. 다시 말해 좋은 관계에는 서로가 상대의 가려운 곳이 어디인지를 알아내어 긁어주는 마음 헤아리기 능력이 필요하다. 그런데 사람들은 대개 어디가 가려운지 묻지 않고 지레짐작으로 긁어주고는 반응이 신통치 않으면 답답해하고 억울해한다.

아내가 바라는 것은 남편의 공감이다. 그런데 문제는 남편이 공감능력이 부족하다는 점이다. 말하지 않아도 알아서 공감해주면 좋겠지만 말을 해도 어떻게 공감해야 할지 모른다. 이럴 때는 어떻게 해야 할까? 답답하겠지만 "내가 어떤 일로 힘들다고 말하면, 판단하고 해결책을 제시하기 전에 '당신이 그 일로 힘들구나!'라고 해주면 좋겠어"라고 구체적으로 요구할 필요가 있다. 남편도 마찬가지다. 잠시 시간이 지나고 감정이 가라앉은 다음에 이렇게 이야기해보자. "나는 말해주지 않으면 상대가 뭘 바라는지 잘 몰라. 당신이 구체적으로 표현해주면 나도 좀 더 공감하도록 노력할게."

엎드려 절 받는 느낌일까? 물론 그럴 수 있다. 하지만 사람이 쉽게 바뀔 수 없으니 가려운 곳을 정확하게 짚어주는 수밖에 없다. '말 안 하면 귀신도 모른다'는 속담이 있다. 하물며 사람은 어떻겠는가! 말하지 않아도 내가 무엇을 원하는지 알 거라는 생각은 착각일 수 있다. 눈치 없고 공감하는 재주도 없는 이들에게는 하나하나 얘기해주자. '침묵은 금이다'라는 말이 있다. 입이 무거워야 한다는 말도 있다. 그러나 이런 격언들은 상황에 따라 모순되기 쉬운 경험칙으로, 모두 가려들어야 한다. 이런 말들은 말이 많거나 말실수하는 사람들이 새겨들어야지, 자기표현을 잘 못하는 사람이 따랐다가는 문제를 키울 뿐이다. 상대를 대화가 안 되는 사람이라고 판단하기 전에 자신에게 먼저 물어보자. '나는 어디가 가려운지 알고 있나?' '나는 상대에게 가려운 곳을 제대로 이야기하는가?' '나는 상대에게 요구사항을 잘 물어보는가?'

3 마음의 연결
사랑하는 사람이 힘들어한다면

전공의 3년 차 때의 일이다. 나는 조현병을 앓는 30대 초반 여성의 주치의를 맡았다. 그 여성은 돌이 갓 지난 아이를 집에 두고 입원해야 할 정도로 증상이 심했다. 남편은 자주 면회를 왔고, 아내가 빨리 치료되어 다시 집으로 돌아오기를 바랐다. 다행히 상태가 호전되어 남편에게 퇴원을 권했다. 그런데 며칠 만에 그 환자가 자살하고 말았다. 나는 장례를 끝내고 병원에 들른 남편의 얼굴을 똑바로 볼 수가 없었다. 너무 괴로웠다. 판단을 잘못한 나 자신이 용서되지 않았다. '이런 내가 계속 수련을 받아야 하나?' 하는 고민까지 들었다. 상황을 아는 사람들은 나를 보면 어떻게든 좋은 이야기를 해주고 싶어했다. 하지만 그런 말들은 나에게 전혀 위로가 되지 않았다. 그중에서도 "네 잘못이 아니야!"라는 말이 최악이었다.

영화 〈굿 윌 헌팅〉의 명대사이기도 한 그 말을 들으면 거부감부터 들었다. 모든 게 내 잘못으로 느껴지는데 내 잘못이 아니라니! 차라리 나를 비난하는 말이 낫겠다 싶었다. "의사라면 누구나 겪는 일이야" 또는 "이제 그만 잊어버려!" 같은 말도 전혀 귀에 들어오지 않았다. 마치 이 얘기는 이쯤에서 그만하고 다른 이야기나 하자는 것처럼 느껴졌다. "그런 일을 통해 하나하나 배워가는 거야"라는 말도 와닿지 않기는 마찬가지였다. 모두가 무슨 뜻으로 이야기하는지 모르지는 않았다. 하지만 내가 느낀 그대로를 얘기하자면, 누구도 내 이야기에 귀 기울여주지 않는 기분이었다.

그 사람의 마음은 어떤가

사람들은 힘든 일을 겪고 상담실을 찾아온다. 말할 사람이 없어서일까? 주변에 사람이 없어서는 아니다. 사람들은 있지만 정작 자신의 마음에 관심을 가지고 귀 기울여 들어줄 사람이 없는 것이다. 물론 사람들은 자기가 상대의 얘기를 다 들어준다고 생각한다. 하지만 대다수는 자신도 모르게 '상대를 위해서'라는 명목으로 상대의 마음을 판단하고, 영향을 끼치려 하고, 더 나아가 다르게 생각하고 느끼기를 요구한다. 특히 사랑하는 사람이 힘들어하면 우리는 그 마음을 이해하려고 하기보다 때 이르게 그 마음을 바꿔주려고 한다. 사랑하는 사람의 고통을 그냥 지켜볼 수 없기 때문이다. 그 고통이 나의 고통처럼 느껴지는데 어떻게 한가하게 가만히 듣고만 있겠는가! 사랑하는 사람이 자녀일 경우는 특히 더 견디기 힘들다. 어떻게든 상대가 고통에서 벗어나게 하려고 "이렇게 해봐"라며 조언도 하고, "걱정하지 마!" "네 잘못이 아니야!"라고 위로도 하고, 더 나아가 "왜 그런 생각을 하니!" "언제까지 이러고 있을 생각이야?"라며 따끔하게 충고하기도 한다. 심지어 당사자가 해결해야 할 문제를 대신 해결해주는 경우도 많다.

같이 힘들고 마음이 급하다 보니 무슨 일이 있었는지, 무엇 때문에 힘들어하는지는 제대로 듣지 못하는 경우가 많다. 그래서 가까운 사이일수록 '때 이른' 위로, 조언, 충고, 도움 등을 남발하기도 한다. 고통받는 당사자는 이럴 때 어떻게 느낄까? '이해'와 '공감'에 앞서 '변화'를 재촉받는 기분이 되기 쉽다. 의도와는 다르게 상대방은 이해받지 못하는 느낌을 받는 것이다.

그렇다면 소중한 사람이 고통스러워할 때 우리는 어떻게 해야 할까? 사람은 상처를 받으면 자신도 모르게 방어 상태가 되어 경계를 세운다. 이 경계는 '안전감'과 '연결감'을 느낄 때 다시 열린다. 주위 사람이 해야 할 일은 안전감과 연결감을 제공하는 것이고, 이는 해결책을 제시할 때가 아니라 상대의 상황과 마음을 이해할 때 가능하다.

구체적으로 풀어 말하면, 상대의 마음을 바꾸려고 하기 전에 상대의 마음을 알고자 하는 마음이 있어야 하고, 이를 토대로 그 마음을 물어보는 대화가 이루어져야 한다. "무슨 일이 있었어?" "어떤 점이 힘들어?" "얼마나 힘드니?" "가장 후회가 되는 일이 뭐야?" 등 상대의 마음이 어떤지를 궁금해하고 들어보는 것이 먼저다. 하나 주의해야 할 점은, 상대가 너무 힘들 때는 대화를 계속 피할 수도 있다. 아직 대화할 준비가 안 되어 있기 때문이다. 그럴 때는 재촉하기보다 "그래, 지금은 이야기하기 힘들구나. 네가 원한다면 언제든 이야기해주면 좋겠어. 네가 왜 힘든지 알고 싶어"라며 상대의 마음을 존중하며 상대가 손을 뻗으면 닿을 곳에서 기다려줄 필요가 있다. 그러고는 시간이 어느 정도 지나 다시 물어보는 것이 좋다.

왜 상담가의 이야기는 듣고
부모의 이야기는 듣지 않을까?

실제로 상담실에는 아이를 데리고 오는 부모가 많다. 직접 대화가 되지 않기 때문이다. 왜 무엇과도 바꿀 수 없을 정도로 아끼고 사랑하고, 기질과 유전자를 공유하고, 아이에 대해 아이 자신보다 아는 게 더 많은데 대화가 되지 않을까? 아이를 위해 이야기하는데 왜 아이는 이를 받아들이지 않고 튕겨내는 것일까? 그런데 아이가 몇 번 만나지 않았고 잘 알지도 못하는 상담가와는 대화가 잘 통하는 경우가 많다. 왜 부모와는 말이 통하지 않는데 상담가와는 대화가 될까?

관계의 핵심은 '마음의 연결'이다. 연결의 끈이 끊어지면 제아무리 좋은 이야기도 잔소리에 지나지 않는다. 대표적으로 연결의 끈을 끊어버리는 것이 바로 '속단速斷'이다. 속단은 글자 그대로 서둘러 판단하는 것을 말한다. "그렇게 하지 말랬잖아!" "너도 잘못했네" "별일 아니네" "괜찮을 거야" 같은 말들과 주로 함께 등장하는 속단은 자기중심적이고, 자동적이고, 효율적이기에 손쉽게 일어난다. 일단 판단을 내리면 더는 정보를 수집할 필요가 없고 에너지가 들지 않는다. 그러나 연결이 되지 않는다. 그에 비해 상담가와 대화가 되는 이유는 '마음의 연결'이 이루어지기 때문이다. 마음의 연결을 끊는 것이 속단이라면 마음의 연결을 만들고 회복하는 것은 '관심關心'이다. 관심이 있으면 '왜 그렇게 생각할까?' '왜 그렇게 행동했을까?' '지금 마음이 어떤 상태일까?' '내 말이 상대에게 어떻게 들릴까?'처럼 상대의 마음을 궁금해한다. 그러나 관심을 갖는 것은 타인 중심적이고, 의식적이고, 에너지가 소모되기 때문에 쉽지 않은 일이다.

관심은 풀어 말하면 '상대의 주관적 경험을 속단하거나 바꾸려 하지 않으면서 그 마음을 알고 싶어하는 것'이다. 관심이 사라지는 순간 관계는 멀어진다. 그런데 가까운 사이일수록 상대를 잘 안다고 생각하기 쉽다. 더 나아가 상대가 자신의 마음과 별반 다르지 않다고 생각한다. 그래서 가까운 이에 대한 관심은 생각보다 약하다. 물론 상대의 마음에 관심을 둔다고 해서 모든 게 이해되고 대화가 술술 풀리지는 않는다. 다만 관점이 꼭 같지는 않더라도 상대의 마음을 알고 싶다는 당신의 마음이 전달되면 '연결의 끈'이 유지된다.

공감이 작동하려면 상대의 마음을 쉽게 판단하거나 바꾸려는 의도가 배제되어야 한다. 다시 말해 진정한 공감은 '상대의 주관적 경험을 바꾸려 하지 않으면서 그것에 동참하거나 공유하는 것'을 말한다. 이것이 바로 마음 헤아리기다. 가족이나 친한 친구에게 마음 헤아리기가 잘되지 않는 것은 사랑이 부족해서가 아니라 오히려 너무 사랑해서일 수 있다. 고통을 같이 마주하기 힘들고, 어떻게든 도움이 되고 싶고, 빨리 고통에서 벗어나기를 바라는 마음에서 우리는 상대의 마음을 어떻게든 바꾸려고 한다. 그러나 이는 번번이 단절로 이어진다. 이러한 노력이 무산되고 좌절을 겪으면 사람들은 묻는다. "어떻게 해야 할까요?" "뭔가 특별한 해법이 있을까요?" "무엇이 필요할까요?" 내가 아는 것은 하나다. 관심을 갖고 '잘 들어주는 것'뿐이다.

4 진짜 배려

당신의 배려가 상대에게도 배려일까?

나는 걷기를 즐긴다. 몇 년 전 한 소도시로 강연하러 갔을 때의 일이다. 기차역에서 강연장까지의 거리가 걷기에 딱 좋은 3킬로미터쯤 되었다. 나는 기차 시간을 여유롭게 예매했다. 특히 그 도시는 처음 가봐서 기대가 컸다. 날씨마저 화창했다. 뭐랄까, '작은 여행'같이 설렐 정도였다. 그런데 기차가 역에 도착하기 전에 전화기가 울렸다. 강연을 담당한 직원이 기차역으로 마중을 나오겠다는 것이다! 나는 거듭 사양했지만 멀리서 온 손님을 혼자 오게 할 수 없다며 결국 마중을 나왔다. 덕분에 강연장에는 승용차를 타고 빠르게 도착했지만 작은 즐거움을 빼앗긴 듯한 기분을 떨치기 어려웠다. 떨떠름한 기분을 내색하지 못하고 마지못해 고맙다고 인사했다. 그때의 복잡한 감정은 무엇이라고 할 수 있을까?

나의 친절이 너에게는 불편이라니

일본어에 딱 그런 표현이 있다. '아리가타 메이와쿠ありがためいわ
く'라는 말이다. 고맙다는 뜻의 '아리가타'와 피해를 뜻하는 '메이
와쿠'가 합쳐진 말이니 직역하면 '고마운 피해'가 된다. 달갑지 않
은 호의나 친절을 받아서 난처하고 부담스럽지만 마지못해 고마움
을 표해야 할 때 느끼는 감정을 뜻한다. 오지랖 넓은 사람이 많은
우리 사회도 예외일 리 없다. 우리 사회 역시 아무리 개인화되고
있다지만 불필요한 친절과 선의라는 이름의 관심이 드물지 않다.
이 글을 읽는 당신도 그런 '고마운 피해'를 당한 일 한두 가지 정도
는 손쉽게 떠올릴 수 있을 것이다.

　흔히 인간관계에는 '황금률golden rule'이 있다고 말한다. 대표
적으로 성경에 나오는 '남에게 대접을 받고자 하는 대로 너희도 남
을 대접하라'와 논어에 나오는 '자신이 싫어하는 것은 다른 사람
에게도 하지 마라'를 들 수 있다. 그럼 황금률대로 인간관계를 하
면 잘 풀릴까? 내가 싫은 것은 다른 사람에게도 하지 말고, 내가 원
하는 것을 남에게 먼저 베풀면 인간관계는 잘 굴러갈까? 안타깝게
도 현실은 그리 간단하지 않다. 나는 늘 좋은 말로 상대에게 이야
기하는데 상대는 말을 함부로 할 수도 있고, 나는 내가 원하는 방
식대로 상대를 챙겨주지만 상대는 나의 배려가 성가실 수 있다. 내
의도가 좋았다고 해서 그 결과까지 좋으리는 법은 없다.

우리는 '배려'에 대해 좀 더 깊이 생각해봐야 한다. 내가 상대를 배려할 때 상대도 배려받았다고 느낄 거라는 생각은 나만의 착각이다. 예를 들어 당신은 편의점에서 밤늦게 일하는 아르바이트생을 보며 자식처럼 느끼거나 대견하다는 생각이 들 수 있다. 그래서 순수한 마음으로 작은 도움을 주고 싶어 지폐를 내밀고 "잔돈은 됐어요"라고 했다고 하자. 당신의 순수한 의도는 상대에게 그대로 전달될까? 혹여 그럴 수도 있지만 수작이나 주책, 오지랖 또는 동정으로 느껴져 상대는 아주 불쾌할 수도 있다. 그렇다면 내가 배려했을 때 상대도 배려받는다고 느끼게 하려면 어떻게 해야 좋을까?

먼저 '배려配慮'라는 말부터 살펴보자. 한자로 配(짝 배)와 慮(생각할 려)가 만나 '짝을 생각하는 마음'이라는 뜻이 되었다. 여기서 '려慮'의 의미를 좀 더 살펴볼 필요가 있다. 이 글자에는 '생각하다'의 의미와 함께 '이리저리 헤아려보다'라는 뜻이 있다. 곧 '려'는 '사思(생각할 사)'보다 더 '깊이 생각하는 것'이다. 이 글자를 두 가지 측면으로 나눠 살펴볼 수 있다. 첫째, 겉으로 드러난 상대의 표현 뒤에 감추어진 감정과 욕구 등을 헤아리는 것이다. 둘째, 자신의 말과 행동을 상대가 어떻게 느낄지 상대의 마음을 헤아리는 것을 말한다. 다시 말해 '깊이' 생각하려면 '내 마음에서 상대의 마음을 들여다보는 것이 아니라 상대의 마음에서 내 말과 행동을 어떻게 느낄지 미루어 짐작해봐야' 한다. 인간관계에서 갈등이 끊이지 않는 핵심 원인을 바로 여기서 찾을 수 있다. 그저 노력이 부족해서 인간관계가 어려운 것이 아니다. '상대의 마음을 미루어 짐작해보지 못해서', 다시 말해 우리가 '자기중심성'에 갇혀 있기 때문이다.

많은 사람이 배려를 자기 스스로 판단한다. '내가 너를 위해 배려했으니 너는 나에게 배려받은 거야!' 만약 상대가 그렇게 느끼지 않는다면 상대의 잘못이나 무례가 된다. 착각하지 말자! 배려는 내가 판단하는 것이 아니라 상대가 판단하는 것이다. 상대가 배려받는다고 느낄 때 그것이 바로 진정한 배려다. 많은 경우 우리의 배려는 자기중심적인 배려에 그치는 경우가 많다. 애써 배려해줬다고 생각했는데 상대의 반응이 기대와 달리 부정적이었던 경험이 있는가? 그럴 때 상대가 문제라고 생각하기보다는 당신의 배려가 자기중심적이지는 않았는지 생각해봐야 한다.

나의 어떤 면이 너에게 불편할까?

"당신의 어떤 점이 다른 사람과의 관계에서 불편을 주거나 갈등을 일으킬 수 있을까요?"

인간관계 훈련을 할 때 나는 이 질문을 꼭 한다. 이 질문에 바로 대답하는 사람은 많지 않다. 많은 사람이 관계에서 상대가 불편해하거나 상대와 갈등을 겪으면 일단 상대가 문제라고 생각하는 게 일반적이기 때문이다. 우리는 실제보다 자신을 긍정적으로 생각하는 경향이 있다. 이를테면 자신은 다른 사람들보다 남을 배려하고, 한 입으로 두말하지 않는다고 생각한다. 물론 그렇게 생각한다는 것이지 겉으로 그렇게 이야기한다는 것은 아니다. 그런데 혹시 주변 사람들에게 자신의 속마음을 이야기하면 어떤 반응이 나올까? 일단 가족에게 먼저 물어보자. "나는 가족을 많이 배려한다고 생각하는데, 어때(요)?" 가족들은 당신의 질문에 어떻게 대답할까? 선뜻 대답하지 않을 수 있지만 듣자마자 코웃음을 칠 수도 있다. 자신은 가족을 위해 많은 것을 희생하고 배려한다고 생각하는데 정작 가족은 전혀 그렇게 생각하지 않는 경우가 비일비재하다.

당신이 노력하지 않았다는 얘기가 아니다. 당신의 배려가 자기중심적이었을 뿐이다. 우리는 모든 것을 자신의 관점에서 바라본다. 자신의 입에서 나는 냄새는 못 맡으면서 타인의 입 냄새는 기가 막히게 잘 맡는 게 인간이다. 타인의 이중잣대는 잘 찾아내지만 정작 자신의 이중잣대는 인정하지 않으려고 한다. 내가 좋아하는 것을 내가 원할 때 내가 원하는 방식대로 받기를 바라면서, 상대에게는 내가 해주는 그대로를 좋아해주기를 바란다. 우리는 자신이 상대를 위해서 한 일을 상대의 느낌이 아니라 자신의 의도를 중심으로 판단한다. 그렇지만 상대가 나에게 한 일은 상대의 의도가 아니라 내 느낌으로 판단한다. 내가 상대를 배려하는 마음으로 행동했다면 그것은 상대가 어떻게 느끼든지 배려가 되지만, 상대가 나에게 한 행동은 내가 느끼기에 따라 배려가 될 수도 불편이 될 수도 있다. 이처럼 우리는 자신이 상대를 위해 얼마나 배려했는지만 기억하고, 상대를 얼마나 배려하지 못했는지는 잘 모른다. 그러면서 늘 혼자 애쓰고, 혼자 참고, 혼자 상대를 배려한다고 느낀다. 자기중심적 인간은 이러한 손해를 견디지 못하고 상대에게 배은망덕한 인간이라며 비난을 퍼붓고, 폭발하고, 관계를 단절하고 만다.

당신은 자기가 다른 사람을 편하게 해준다고 생각할 수 있다. 그럴 수도 있고 아닐 수도 있다. 현실적으로는 상대를 편안하게 해주는 면도 있고 불편하게 하는 면도 있을 것이고, 아니면 누군가에게는 편안한 사람이지만 또 다른 사람에게는 불편을 주는 사람일 수 있다. 배려를 잘하려면 두 가지에 주의를 기울여야 한다. 첫째, 내 방식대로 상대에게 해주기보다 상대가 원하는 것을 알아보고 그것을 해주어야 한다. 둘째, 나의 어떤 점이 상대를 불편하게 하는지에 주의를 기울여야 한다. 자기 마음과 상대 마음이 다르다는 것을 인정하지 못하고 자신이 하고 싶은 대로 상대를 배려한다면 부정적인 결과를 초래하기 십상이다. 혼자 배려하고 혼자 상처받지 않으려면 무엇보다 먼저 '자기중심적 배려'에서 벗어나야 한다. 인간관계에서 성숙하고 배려심이 있는 사람은 어떤 사람일까?

'상대가 원하는 것을 줄 수 있고, 자신의 어떤 점이 상대를 불편하게 하는지를 잘 아는 사람'이다.

5 다름의 존중

거리두기는 존중이 될 수 있을까?

형준과 지연은 결혼 10년 차이지만 많은 것을 따로 한다. 방도 따로 쓰고, 생활비도 따로 쓰고, 식사도 따로 하고, 장도 따로 본다. 오히려 함께 하는 일이 손에 꼽을 정도다. 명절에 양가를 방문하거나 부부 동반 모임에 나가는 정도다. 물론 처음부터 그랬던 것은 아니다. 연애할 때는 잘 몰랐는데 결혼하고 보니 서로 다른 게 너무 많았다. 조정해야 할 것이 한둘이 아니었다. 문제는 두 사람 다 나름의 이유를 내세워 잘 물러서지 않는다는 점이다. 계속 말다툼을 하다 보니 지칠 대로 지쳤다. 번번이 같은 주제로 입씨름을 하는 게 너무 소모적이었다. 마침내 서로의 생각과 방식을 인정해주는 것이 좋겠다는 결론에 도달했다. 그래서 부부는 계약을 맺었다. 서로의 생활에 크게 관여하지 않고 꼭 함께 해야 하는 것을 규칙으로 정했다. 그러다 보니 집에 같이 있으면서 한마디도 하지 않는 날도 있다. 말 그대로 무늬만 부부인 셈이지만 형준은 별문제가 없다고 생각한다. 그러나 지연은 시간이 지날수록 힘들어졌다. 더는 이렇게 살 수 없을 것 같아 남편을 설득해서 부부 상담을 받으러 왔다.

"별로 힘들지 않습니다. 나는 이 사람과 내가 다르다는 것을 존중하고 나서부터 아주 편안해졌어요."

부부간에 무엇이 힘드냐는 질문에 형준이 한 대답이었다. 처음에는 좀 의아했다. '차이를 존중한다고?' 그런데 이야기를 듣고 보니 형준에게 '차이의 존중'은 다른 의미였다. 그에게 차이의 존중이란 '방어'나 '거리두기'를 뜻했다. 형준은 갈등이 생기면 풀려고 하기보다는 너와 나는 다르니까 자기 생각이나 기준을 강요하지 말고 '너는 너대로, 나는 나대로' 살아가자고 했다. 지연은 그런 형준을 붙잡고 싸우다 지쳐 점점 그 말대로 되어갔다. 둘 사이에는 서로의 다름과 차이만 부각될 뿐 조율하고 통합하는 과정이 없었다. 부부는 긴 시간을 함께했지만 차이가 한 치도 좁혀지지 않았다. 섞임과 어울림이 없는 관계, 과연 이것이 다름을 존중하는 것일까?

우리는 흔히 다르다는 것은 틀린 것이 아니라고 이야기한다. 서로 다름을 존중할 때 비로소 관계가 깊고 넓어진다고 한다. 과연 그런가? 어떤 이에게 '다름의 존중'은 갈등과 친밀함을 회피하는

'거리두기의 도구'다. 이들에게 "너와 나는 달라!"는 나에게 아무런 간섭도 하지 말고 그냥 나 하고 싶은 대로 하게 두라는 의미다. 또는 '나는 옳고 너는 틀려. 그러니 우리는 함께할 수 없어'의 우회적 표현인 경우도 많다. 다름과 차이에만 주목하는 관계에서 다름과 차이는 점점 더 커지고 많아질 따름이다.

다름을 존중한다는 것은 다름을 인정하는 것으로 끝나지 않는다. 인정은 시작일 뿐, 관심과 호기심으로 이어져야 한다. '나는 이일에 대해 이렇게 생각하는데 이 사람은 왜 저렇게 생각할까?' '나는 이렇게 느끼는데 상대는 왜 저렇게 느낄까?' 궁금해하고, 그 마음이 서로 오가야 한다. 그러고 나서 그 다름이 부분적 또는 전체적으로 이해가 될 때 다름의 존중이 이루어진다. 그 순간, 다름은 다름으로 존재하지 않는다. 자연스럽게 조율과 통합이 일어나고 종종 '하나됨'의 영역이 만들어진다.

건강한 관계에는 나도 있고 너도 있고 우리도 존재한다. 우리라는 교집합을 토대로 나도 커지고 너도 커지고 우리도 커질 때 건강한 관계가 된다. 그렇다면 '우리'는 어떻게 커질까? 생각, 정치적 견해, 취미, 성격이 같거나 비슷해야 할까? 물론 같거나 비슷한 면이 있다면 '우리'가 잘 형성될 수 있다. 하지만 그것만으로는 우리가 확대되지 않는다. '우리' 안에는 같은 것보다 다른 게 더 많기 때문이다. 그렇다면 '우리'를 키워가는 것은 무엇일까? 다름과 차이에 대한 관심과 이해다. 그것이 바로 마음 헤아리기다. 우리를 발달시키는 것의 핵심은 '동同'뿐이 아니라 '화和'에 있다. '동'이 일치를 말한다면 '화'는 어울림을 말한다. 나와 다른 상대의 마음에 관심을 가질 때 '어울림'이 만들어진다. 예를 들어 배우자가 어떤 뉴스를 보며 분통을 터뜨린다고 해보자. 이때 다른 배우자도 화를 느끼거나 분통을 터뜨려야 하는 것은 아니다. "무슨 일인데 그렇게 화가 나?"라고 관심을 가지고 물어본다면 어울림이 시작된다. 만약 아동학대를 당한 아이가 너무 불쌍해서 화가 난다고 하면 "그래서 화가 났구나!"라고 그 내적 경험을 인정해주는 것만으로도 우리가 형성된다. 일치보다 더 중요한 것은 관심이다. 성격의 차이는 이별의 원인이 되기도 하지만 그 차이에 '관심'이 있다면 서로 이어주고 보완해주는 발판도 된다. 다름이 인정과 관심을 거쳐 이해로 나아가는 것, 다름이 '우리'로 바뀌는 것이야말로 진정한 다름의 존중이며 마음 헤아리기다.

6 읽기를 넘어서
나는 당신의 마음을 잘 모릅니다

'문자를 보냈는데 왜 답이 없지?' '어제 소개팅한 남자는 나에게 호감이 있을까?' '집에 오면 말 한마디 하지 않는 큰애는 도대체 뭐가 불만일까?' 다른 사람의 마음이 너무 궁금할 때가 많다. 소개팅 자리, 연봉협상 테이블, 잘못을 저지르고 상사의 눈치를 보는 특별한 자리가 아니어도 우리는 매일의 일상에서 상대의 마음을 궁금해한다. 인간은 뼛속까지 사회적 존재이기 때문에 나와 가까운 이들이 어떤 마음인지, 그리고 나에 대해 어떻게 생각하는지 궁금해한다. 상대의 표정이나 언행으로 어느 정도 짐작은 하지만, 겉으로 드러난 표현과 속마음은 또 얼마나 다를 수 있는가! 그래서 우리는 날마다 부지런히 타인의 속마음을 읽는다. 그런데 과연 제대로 읽고 있을까?

가까워지면 마음을 잘 읽을까?

매일 하면 향상된다. 그러면 우리는 매일 타인의 마음을 읽고 있으니 점점 사람들의 마음을 잘 읽게 될까? 상대방의 마음을 잘 읽어내는 것을 '공감 정확도empathic accuracy'라고 한다. 30년 동안 심리 실험을 통해 공감 정확도를 연구해온 사회심리학자 윌리엄 이케스의 저서 《마음읽기Everyday Mind Reading》 따르면 우리가 인간관계에서 정설이라고 알고 있는 통념 중에는 근거가 없는 것이 많다. 예를 들어 우리는 시간이 지날수록 상대의 마음을 잘 이해한다고 생각하기 쉽다. 하지만 실험을 해보면 부부의 경우에 결혼 첫해에는 상대의 마음을 잘 헤아리지만, 시간이 흐를수록 상대를 잘 안다는 자신감과 고정관념에 갇혀 상대의 마음을 이해하는 능력이 떨어지는 것으로 나타난다. 또 여성이 남성보다 직감이 더 뛰어나다고 알고 있다. 그렇지만 반복 실험을 해보면 남녀 간에 유의미한 차이가 없는 것으로 나타난다. 공감능력의 차이는 성별이 아니라 상대의 마음을 알고 싶다는 동기에서 비롯된다는 것이다. 예를 들어 호감 가는 이성이 있거나 물질적 보상이 뒤따르는 것과 같이 상대의 마음을 알고자 하는 동기가 높아진다면, 남녀 간에 별 차이 없이 마음을 이해하는 능력이 높아진다.

언뜻 이해가 가지 않을 수 있다. 많은 사람이 우리 부부는 눈빛만 봐도 상대가 어떤 기분인지 잘 안다고 생각하지 않는가. 그러나 우리는 생각보다 상대의 마음을 잘 모른다는 것이 이케스의 결론이다. 심리학자 셸리 킬패트릭Shelley Kilpatrick 연구팀은 신혼부부 55쌍을 모아 매년 부부들을 실험실로 불러 서로 대화하는 모습을 영상으로 찍었다. 그러고는 한 사람씩 따로 불러 녹화된 영상을 보여주며 이렇게 질문했다.

"이 장면에 어떤 생각을 했고, 어떤 감정이었는지 적어주세요. 그리고 상대방은 어땠을지 추측해보세요."

연구팀은 3년간 신혼부부들과 이 실험을 반복했다. 실험 결과 결혼 6개월 차보다 1년 반이나 2년 차 부부의 공감 정확도가 더 낮았다. 앞서 이야기한 것처럼 상대를 잘 안다는 선입견이 생기고 서로에 대한 관심이 무뎌지면서 마음을 엉터리로 읽는 경우가 많았다. 그러면서도 자기는 상대를 잘 안다고 생각하는 데에서 많은 갈등이 비롯된다. 상대의 마음을 잘 모른다는 것을 인정해야 조심스러워질 텐데 잘 알고 있다고 생각하니 갈등이 커질 수밖에 없다.

당신은 상대의 마음을 잘 읽는가?

부부나 연인에게만 이런 일이 일어나는 것은 아니다. 우리는 눈치

없는 사람이 답답하다면서 자신은 상대의 마음을 잘 읽는다고 생각한다. 당신은 과연 친한 친구의 감정과 생각을 얼마나 읽어낼 수 있을까? 이케스 등의 실험에 따르면 사람들의 평균적인 공감 정확도 점수는 0~100점 중 22점에 불과했다. 친구 간에도 40점을 넘지 못했다. 쉽게 말해 두 번에 한 번 이상은 상대의 마음을 잘못 해석한다. 이러니 인간관계에서 갈등과 분란이 끊이지 않을 수밖에 없다. 그렇다면 우리는 왜 이렇게 상대의 마음을 잘 읽지 못할까?

첫째, 관계가 가까워질수록 타인이라는 경계가 허물어져 '우리'라는 일체감과 집단의식이 강해지기 때문이다. 그러다 보니 상대 역시 자신처럼 느낄 것으로 생각하거나 자신처럼 느껴야 한다고 생각한다.

둘째, 우리의 마음에는 보고 싶은 것만 보고 듣고 싶은 것만 들으려는 선택적 지각 특성이 있어서다. 인간에게는 과거 경험으로 빚어진 마음의 틀이 여럿 있는데, 이를 뒷받침해주는 정보는 잘 받아들이지만 반대가 되는 정보는 흘려버리기 쉽다.

셋째, 상대의 마음을 읽으려는 동기가 떨어지기 때문이다. 관계가 매너리즘에 빠지면 자연히 상대를 향한 관심은 떨어지게 마련이다. 또 스트레스가 커서 자기 문제에 골몰할 때에도 상대의 마음을 읽어낼 겨를과 관심이 없어진다.

넷째, 서로를 잘 알고 있다는 고정관념 때문에 설명할 필요성을 못 느끼고 그 결과 의사소통이 부정확해진다. '친한 사이에 꼭 일

일이 말을 해야 아나?' 하는 마음이 서로를 엉터리 독심술가로 만
드는 것이다.

어떻게 해야 이런 장애물을 넘어서서 상대의 마음을 잘 이해할
수 있을까? 그 출발점은 우리의 마음읽기가 아주 부정확하다는 것
을 인정하는 데 있다.

당신이 회사 복도를 지나가는데 예전에 팀원이었던 친구가 맞
은편에서 걸어오고 있다고 해보자. 당신이 먼저 눈인사를 했는데
상대는 별다른 반응을 보이지 않고 그냥 지나친다. '왜 반응이 없
지?'라는 의구심이 든다. 이 질문은 두 가지로 나누어볼 필요가 있
다. 첫째, 상대가 왜 내 인사에 반응이 없는지 알고 싶어하는 궁금
증일 수 있다. 둘째, 알고 싶은 마음보다는 '어떻게 인사를 했는데
그냥 지나쳐? 나를 대놓고 무시하다니!'라는 판단일 수 있다. 전자
의 마음과 후자의 마음은 차이가 크다. 전자는 여러 가지 가능성을
염두에 둘 수 있는 만큼 마음이 덜 상할 수 있다. 이를테면 그 팀원
은 방금 상사에게 혼이 났을 수도 있고, 집에 급한 일이 생겨 조퇴
하는 길일 수도 있고, 렌즈를 빠뜨려서 앞이 잘 안 보일 수도 있다.
하지만 후자는 이미 판단이 이루어졌으므로 다른 가능성이 끼어들
여지가 없다. 상대가 의도적으로 인사를 받고도 무시했다는 시나
리오만 남는다. 이는 고스란히 마음의 동요로 이어지고 앞으로 그
동료와의 관계에 영향을 끼칠 것이다. 그렇다면 두 경우 모두 '마

음 헤아리기'라고 할 수 있을까? 이 책에서는 마음 헤아리기와 마음읽기를 구분해서 사용한다. '마음읽기'가 자동적이고 판단적인 반응이라면 '마음 헤아리기'는 의식적이고 비판단적인 반응이다. 우리가 상대의 마음을 잘 이해하려면 '마음읽기'만으로는 부족하고, '마음 헤아리기'가 필요하다. 이에 관해서는 뒤에서 상세히 설명하겠다.

7 자기중심성의 인정
친구에게는 있고 나에게는 없었던 것

나 역시 정신건강의학과 의사가 되기 전에는 물론이거니와 의사
가 되고 나서도 인간관계가 힘들었다. 특히 부부관계는 갑절로 힘
들었다. 나는 전공의 수련을 마친 뒤에 결혼했는데, 정신건강의학
과 의사로서의 지식과 경험은 실제 부부갈등을 풀어가는 데 별반
도움이 되지 않았다. 신혼여행에서부터 다투기 시작해 결혼 초기
에 참 많이 싸웠다. 대화는 나름대로 많이 했던 것 같은데 겉돌 뿐
갈등이 제대로 풀린 적은 없었다. 냉전 상태가 이어지는 데 지쳐서
누가 먼저랄 것도 없이 화해 아닌 화해를 하고 일상으로 돌아왔을
뿐이었다. 그리고는 비슷한 문제로 또 싸우고, 또 어설프게 화해하
며 다람쥐 쳇바퀴를 도는 관계를 반복했다. 그럴수록 결혼을 잘못
했나 싶은 생각이 커지고 불만이 쌓여갔다.

그런데 당시 유독 부부 사이가 좋은 친구가 있었다. 특히 아내가 남편에게 잘했다. 부러웠다. 친구가 인복이 많아 좋은 여자를 만났다고 생각했다. 그러던 어느 날 그 친구 부부의 차를 같이 타고 가면서 나에게 무엇이 부족한지를 확실하게 깨달았다. 그 친구에게는 있는데 나에게는 없는 게 있었다.

친구가 운전을 하고 나는 보조석에 앉았다. 친구 아내는 뒷좌석에 탔다. 그런데 과속방지턱을 지나갈 때 친구가 브레이크를 약간 늦게 밟았다. 차가 한 번 덜컹거렸다. 뒷좌석에 앉은 친구 아내가 "아이쿠!" 하는 소리를 냈다. 크게 덜컹거리지는 않았기에 말소리도 아주 작았다. 나 역시 전혀 놀라지 않았다. 그런데 친구가 뒤를 돌아보며 아내에게 한마디 했다. "괜찮아?"

당시 나에게는 그 말이 낯설고 신선했다. 곧바로 '나라면 어떻게 했을까?' 생각했다. 내가 아내를 태우고 운전하는 중에 아내가 살짝 놀라는 소리를 냈다면 그때의 나는 전혀 다른 말을 했을 것이다. 아마 "왜 놀라?"라고 했을 것 같다. 사실 이 표현은 뉘앙스가 중요해서 글로 전하기에 한계가 있다. 친구의 "괜찮아?"와 나의 "왜 놀라?"는 아주 큰 차이가 있다. 친구의 "괜찮아?"에는 상대를 향한 관심과 걱정이 담겨 있다. 나는 놀라지 않았더라도 상대는 놀랄 수 있음을 존중하는 표현이다. 그에 비해 내가 떠올린 "왜 놀라?"는 판단적이고 자기중심적 표현이다. 말은 의문형이지만 "뭘 그런 것 가지고 놀라?" "이게 뭐가 놀랄 일이야!"와 같이 상대의 감정을 부정하고 비난하는 판단적 표현이라고 할 수 있다. 내가 놀라지 않는 일이라면 너도 놀라지 말았어야 한다는 뜻이 전제되어 있다.

친구는 아내의 살짝 놀란 반응에도 관심을 보였고 자연스럽게 다정한 어투로 물어보았다. 그날 나는 내가 얼마나 자기중심적인 사람인지를 인정하지 않을 수 없었다. 상대의 마음을 잘 헤아리지 못했고, 모든 것의 기준이 나였다. 물론 그런 자각이 일어났다고 해서 단번에 달라지는 것은 없었다. 그때의 나와 지금의 나도 크게 다르지 않아서, 나는 여전히 자기중심적이다. 그래도 달라진 것이 있다면 지금은 나의 자기중심성을 인정하고 당연하게 여기지 않는다. 똑같은 상황이라도 나의 마음과 상대의 마음이 다를 수 있음을 받아들인다. 만약 운전 중에 그런 일이 벌어진다면 이제는 "괜찮아?"라고 물어볼 수 있다. 물론 머릿속에는 자동으로 "왜 놀라?"라는 말이 떠오를지 모른다. 하지만 그런 나의 반응을 알아차리고, 나는 놀라지 않았어도 상대는 놀랄 수 있음을 이해하고 나면 "괜찮아?"라고 물어볼 수 있다. 그것이 바로 '마음 헤아리기'의 스위치를 켜는 것이다.

이 책 첫머리에 등장하는 진형 부부의 사례에서 얘기했듯, 사람을 존중한다는 것의 핵심은 '감정의 존중'에 있다. 내 감정은 그럴 만한 이유가 있기에 중요하지만, 너의 감정은 네가 예민하기 때문이라고 한다면 어떻겠는가? 그런데 우리는 너무 쉽게 그렇게 이야기한다. "왜 울어?" "왜 화를 내?" "뭐가 무서워?" "왜 안 해?" 이런 말들은 질문의 형태를 띠지만 궁금해서 하는 이야기가 아니다. 좀 과장해서 이야기하면 "왜 그런 일로 울고 난리야!" "이게 뭐가 화를 낼 일이야? 왜 이렇게 예민하게 굴어!" "이게 도대체 뭐가 무섭다고 그래, 이 겁쟁이야!" "하라면 좀 해! 왜 하라고 했는데도 안 해?"와 같은 뜻의 이야기를 질문의 형태로 돌려 말했을 뿐이다. 이런 말들은 관심이 배제되어 있고 모든 기준이 말하는 사람의 것이다. 관계의 성숙이란 이렇게 곳곳에 배어 있는 자기중심성을 자각하고 인정하는 것, 그래서 자기중심성에서 벗어나 '마음 헤아리기'의 스위치를 켜는 것이다.

8 구체적 표현
내가 원하는 것을 어떻게 얘기할까

명주는 남편의 무심함에 종종 상처를 받는다. 남편은 명주의 생일 선물을 챙겨주지 않는다. 생일이 되면 무뚝뚝한 말투로 밥 한 끼 먹자는 게 전부다. 자신은 남편을 위해 매년 생일상을 차려주고 선물도 하는데 말이다. 결혼한 지 25년이 되었는데 반지나 목걸이 같은 액세서리 한 번 사준 적이 없다. 그래서 언젠가 한번은 불만을 토로해보았다. 그러자 남편은 "내 마음 알잖아. 선물을 꼭 해야 해?"라며 구렁이 담 넘듯이 넘어가버렸다. 그 뒤로 명주는 선물 이야기를 아예 꺼내지 않는다. 그러다가 하루는 대학생 딸과 셋이서 식사를 했다. 명주는 동창 모임에 나가려고 모처럼 오래된 반지를 끼고 있었다. 딸이 반지가 예쁘다며 관심을 보였다. 그러자 남편이 딸에게 "네 생일 때 반지 사줄까?"라고 다정하게 이야기하는 것이 아닌가! 순간 기분이 크게 상했다. 예전 같으면 내색하지 않고 속으로만 많이 서운해했을 것이다. 그러나 마음 헤아리기 워크숍에서 배운 대로 자신의 감정을 헤아리고 원하는 것을 떠올렸다. 그러고는 이렇게 이야기했다.

"섭섭하네. 내 생일 때는 신경도 안 쓰더니. 나도 이번 생일에는 선물을 받고 싶어. 당신 결혼하고 나서 한 번도 액세서리 사준 적 없는 거 알아?" 딸도 그게 좋겠다고 거들자 명주가 한마디 더 했다. "지금 이 반지는 오래된 거라 많이 작아. 이번에 당신이 선물해주면 서랍에 두지 않고 잘 끼고 다닐게. 당신 생각 하면서……." 그러자 남편도 허허 웃으면서 그러겠다고 대답했다. 자칫 사나워질 수도 있었던 분위기는 금세 화기애애해졌다.

이 책의 독자 중에는 인간관계에 지친 이가 많을 것이다. 좋은 관계를 만들기 위해 상대를 이해하고 배려하려고 노력했는데 별로 달라지지 않아 힘이 빠져 있을지도 모른다. 상대는 노력하지 않는데 혼자만 애쓰는 것 같아 불공평하다고 느낄 수도 있다. 그런데 이 책에서 또 사람의 마음을 헤아려야 한다고 하니 마음이 더 불편해질 수도 있을 것 같다. 흔히 좋은 관계를 위해 '먼저 배려하고 양보하고 이해하라'는 이야기를 많이 한다. 그러나 쉽지 않다. 내가 먼저 베푼 것을 상대도 고마워하고 되돌려준다면 모르겠지만 내가 노력할수록 관계가 한쪽으로 점점 기울어지는 경우도 많다. 다른 한쪽이 상대의 이해와 배려에 익숙해지기 때문이다. 결국 "왜 나만 노력하고 양보하고 이해해야 해?"라며 화가 폭발한다. 이런 식으로 중요한 관계들이 단절로 끝나곤 한다.

마음 헤아리기를 주제로 강의나 워크숍을 할 때도 그런 고충을 호소하는 이가 많다. "왜 나만 상대의 마음을 헤아려야 하나요?" "왜 매번 나만 노력해야 해요?" 그러나 이렇게 이야기하는 이들은 마음 헤아리기를 많이 한 것이 아니라 오히려 제대로 하지 못했을 수 있다. 이 책에서 이야기하는 '마음 헤아리기'는 상대의 마음뿐 아니라 자기 마음도 헤아리는 균형을 강조한다. 일방적인 관계에 지쳐버린 이들은 상대의 마음을 헤아리기 전에 자신의 마음을 헤아려야 한다. 무엇보다도 관계에서 자신이 무엇을 원하는지를 잘 이해해야 한다. 물론 이미 지칠 대로 지친 상태라면 거리두기나 단절을 바랄 수도 있다. 하지만 조금만 더 마음 깊이 들어가보면 상대에게 이해와 배려를 받고, 서로 좋은 관계를 맺고 싶은 욕구가 있다. 마음 헤아리기는 그 욕구를 상대에게 구체적으로 표현하는 것까지 포함한다. 상대가 어떻게 표현하고 행동한다면 자신이 이해와 배려를 받는 느낌이 들지 구체적으로 표현하는 것이다.

이 대목에서 또 불만이 터져나온다. "나는 알아서 해주는데 상대에게 왜 이렇게까지 요구를 해야 하죠?" "나를 이해해달라, 원하는 것 좀 해달라고 하소연하는 것은 일종의 구걸 아닌가요? 생각만 해도 비참한데요." 벌써 여러 번 이야기해왔다면 더 그렇게 느낄 수 있다. 요구하지 않아도 알아서 해준다면 얼마나 좋겠는가! 하지만 관계에 지친 이들이 상대하는 사람은 안타깝게도 대개 마음 헤아리기 능력이 부족한 편이다. 억울하지만 관계에 지친 당신이 원하는 것을 구체적으로 표현해야 한다. 상대는 당신이 무엇을 원하는지 모르고 자기가 주고 싶은 것을 주는데, 당신에게는 그것이 배려나 노력으로 여겨지지 않으니까 말이다.

서로가 원하는 것이 무엇인지 묻고 대화하고 이해하는 것이 중요하다. '이 사람은 그것보다는 이것을 더 원하는구나!' '이 사람에게 이것은 배려가 아니라 간섭이나 방치일 수도 있겠구나!' '이 사람은 이럴 때 사랑받는다고 느끼는구나!' '우리는 사랑과 관심의 언어가 서로 다르구나!' 그래야만 같은 노력으로 더 확실한 만족을 얻을 수 있다. 원하는 것을 표현해야 관계의 기울기를 수정하고 상호적인 관계로 나아갈 수 있다.

물론 한도 끝도 없이 그럴 수는 없다. 여러 번 원하는 것을 차분히 이야기하고 관계를 개선하려고 최선을 다했는데도 상대가 아무런 반응을 보이지 않는다면? 그런 관계는 재고해봐야 한다. 상대는 이 관계를 중요하게 생각하지 않고 당신에게 관심이 별로 없다는 의미이기 때문이다.

마음 헤아리기는 가장 발달한 관계지능이다. 당신이 먼저 상대의 마음을 헤아린다고 해서 손해가 아니다. 상대의 마음을 알고 싶고 서로 좋은 관계를 맺고 싶은 당신의 마음이 전달되면 상대의 마음 헤아리기 스위치가 켜질 수 있다. 상대에게 원하는 것을 구체적으로 표현하는 것은 비참한 일이 아니다. 오히려 마음 헤아리기 능력이 부족한 상대를 배려하는 성숙한 모습이다. 다툰 다음 상대가 말을 붙여올 때까지 한마디도 하지 않는 게 성숙한 것인가, 아니면 먼저 대화를 시도하는 게 성숙한 것인가 생각해보자. 당신이 자신의 마음과 상대의 마음을 헤아리고 서로 원하는 것을 알아간다면 관계는 점점 풍요로워진다.

9 마음 헤아리기란 무엇인가

습관적 마음읽기에서
나와 당신의 마음 헤아리기로

성인이 된 딸과의 관계가 힘든 엄마 네 명에게 이렇게 질문했다고
해보자. "왜 당신의 딸은 엄마를 싫어할까?" 대답은 각기 다를 것
이다. 딸 대신에 아들이나 부모 중 하나로 바꿔도 된다. 아니면 형
제, 친구, 직장 동료 등 당신을 싫어하는 가까운 사람을 떠올려보
자. 누가 떠오르는가? 당신을 싫어하는 사람이 떠올랐다면 다시 질
문해보자. "왜 그 사람은 당신을 싫어할까?" 어떤 대답이 떠오르
는가? 만약 딸과 사이가 안 좋은 네 명의 엄마들이 차례대로 이렇
게 대답을 한다고 해보자.

"몰라요. 도대체 이해가 안 되는 애예요. 엄마한테 그러면 안
되죠. 내가 저를 어떻게 키웠는데. 다른 집 딸들은 그렇게 엄마에

게 잘한다는데 우리 애는 엄마를 아주 대놓고 무시해요."

"딱 제 아빠를 빼닮아서죠. 어쩌면 둘 다 자기밖에 모르고 생각이 삐뚤어졌는지, 무슨 문제만 있으면 무조건 엄마 탓이에요."

"다 제 탓이에요. 걔는 아무 잘못도 없어요. 제가 잘못 키운 탓이죠. 첫애라서 어떻게 키워야 할지 몰랐어요. 내가 힘들 때마다 애한테 화풀이를 했어요. 엄마 자격도 없는 엄마를 만나서 나를 싫어할 거예요."

"어릴 때부터 고집이 센 편이라 더 애를 먹었죠. 그러지 않아도 애 아빠랑 사이가 안 좋고 건강도 나빴는데 애까지 애를 먹이니 너무 힘들었죠. 남편에게 화가 나면 남편에게 뭐라고 못하고 대신 아이를 혼냈던 것 같아요. 여유가 있었다면 좀 더 이해하고 받아주었을 텐데 딸아이 마음을 제대로 이해해주지 못했어요."

마음을 이해하는 두 체계

앞의 엄마 네 명 가운데 어떻게 대답한 엄마가 시간이 지날수록 딸과의 관계를 회복할 수 있을까? 그렇게 보이는 이유는 무엇인가? 인간관계에서 가장 중요한 것은 사람의 마음을 이해하는 것이다. 자신의 마음과 상대의 마음을 잘 이해한다면 불필요한 기대, 오해, 갈등을 피할 수 있다. 나아가 똑같은 시간과 노력으로도 상대를 편안하고 만족스럽게 해줄 수 있다. 그럼 사람의 마음을 어떻게 잘 이해할 수 있을까? 사람의 마음을 이해하는 데는 두 가지 체계가 있다.

마음을 이해하는 시스템 1은 '마음읽기'다. 이 책에서 '마음읽기'라는 용어는 공감이나 이해의 의미가 아니라 사람의 말과 행동을 눈치나 짐작으로 빠르게 판단하는 것을 말한다. 따라서 직관적이고 판단적이고 자동적이다. 언어를 사용하기 이전의 인류는 눈빛, 표정, 억양, 몸짓 등 비언어적 단서로 상대의 마음을 빠르게 읽었다. 이때 가장 중요한 목적은 위험과 안전을 신속하게 판단해서 자기를 보호하는 것이었다. 언어를 쓰는 지금도 이 체계를 많이 사용한다. 특히 어린아이나 심리발달이 잘 이루어지지 못한 사람들이 주로 이 체계를 통해 타인을 파악한다. 마음읽기는 처리 속도는 빠르나 주관적이기에 정확도가 떨어지며, 그 사람의 과거 경험에서 영향을 많이 받는다. 쉽게 말해 무시당한 경험이 많은 사람은 상대가 자신을 무시한다고 느끼기 쉽다. 마음읽기의 정확도는 눈치를 많이 보는 것과 전혀 상관이 없다. 오히려 눈치를 많이 볼수록 정확도가 떨어진다. 단번에 상대의 마음을 알아차리는 이들도 있지만, 계속 눈치를 보는데도 상대의 마음을 잘못 읽는 경우가 얼마나 흔한가! 친구는 시험을 망쳐서 표정이 어두운데 '나랑 같이 있으니 재미가 없어서 기분이 안 좋은가 보다'라고 해석해서 한껏 눈치를 보는 사람처럼 말이다.

마음읽기는 인간의 전유물이 아니다. 서열을 이루고 살아가는 동물의 세계에서 일반적으로 관찰된다. 특히 힘이 약한 개체가 소통이 아니라 자기보호를 위해서 힘이 강한 개체의 눈치를 본다.

마음 이해를 위한 시스템 2는 '마음 헤아리기' 체계다. 마음읽기와 달리 의식적이고, 비판단적이고, 맥락 이해에 바탕을 둔다. 이는 자기보호가 아니라 소통과 협력에 목적을 두며, 상대의 마음을 알고 싶을 때 작동한다. 여러 정보를 종합하고, 대화를 통해 상대의 마음을 이해하려고 한다. 그만큼 처리 속도는 느리다. 마음 헤아리기는 양육자와 다른 사람들에게서 마음 헤아림을 받아야 발달할 수 있으며, 건강한 어른들에게서 주로 나타나는 마음 이해 방식이다. 이 능력은 인간의 전유물이며, 진화의 역사에서 소통·협력·친절의 바탕이 되어왔다.

진화를 거쳐 마음 헤아리기가 출현했기 때문에 마음읽기와 마음 헤아리기를 할 때 활성화되는 뇌 부위는 서로 다르다. 마음읽기는 타인의 얼굴 표정이나 몸짓을 보면 바로 활성화되는 거울신경세포mirror neuron로 매개되는 반면, 마음 헤아리기는 내측전전두엽피질, 측두두정접합 등 그와 다른 뇌의 부위를 활성화한다. 그렇다고 마음읽기는 미숙한 것, 마음 헤아리기는 성숙한 것이라는 이분법이 성립하지는 않는다. 두 시스템이 모두 중요하다. 예를 들어 긴급하고 위험한 상황에서는 마음읽기가 빠르게 작동해서 자신을 보호할 수 있어야 한다. 별로 중요하지 않은 상대를 대할 때면 시스템 1만으로 충분하지만 중요한 관계라면 시스템 2의 비중이 높아진다. 중요한 상대일수록 낌새나 눈치만으로 그 마음을 파악해서는 안 된다. 물론 자동적인 마음읽기로 상대의 마음을 바로 판단할 수는 있다. 하지만 그 판단을 바로 사실화하기보다는 의식적으로 판단을 보류하고 시스템 2의 스위치를 켜야 한다. 특히 상대가 잘 이해되지 않는 언행을 하거나 심리적으로 동요되어 있거나 힘들어 보인다면 마음 헤아리기 스위치를 켜야 한다. 상대가 말과 행동을 왜 그렇게 하는지, 무엇 때문에 힘들고 무엇을 필요로 하는지를 대화를 통해 이해해야 한다.

건강한 관계는 짐작과 눈치로만 이루어질 수 없다. 건강한 관

사람의 마음을 이해하는 두 가지 체계

시스템 1	시스템 2
마음읽기	**마음 헤아리기**
mind reading	mentalization
무의식적	의식적
자동적	이성적
빠른	느린
판단적	비판단적
비언어적	언어적

계는 나의 입장과 상대의 입장을 오갈 수 있어야 하고, 감정과 이성이 만나야 하고, 비언어적 교류와 언어적 소통이 함께 이루어져야 한다. '나는 당신의 마음을 잘 모른다'라는 태도로 상대와 대화하고, 이로써 눈치의 오류를 수정할 줄 알아야 하며, 자신의 감정과 욕구를 표현할 줄 알아야 한다. 우리는 사람의 마음을 헤아리는 연습을 해야 한다. 인간다움의 본질이 '마음을 헤아리는 존재'이기 때문이다.

마음 헤아리기가 왜 중요한가?

앞에서 말한 네 엄마의 답변을 사람들에게 보여주면 네 번째 모녀 관계가 회복될 가능성이 가장 크다는 대답이 압도적으로 많다. 네 번째 엄마는 딸이 왜 자신을 미워하게 되었는지를 맥락적으로 이해하고 있기 때문이다. '마음 헤아리기'란 한마디로 사람의 마음을 이해하는 것이다. 왜 어떤 사람은 갈등을 겪고도 이를 풀어내서 다시 관계를 회복하고, 어떤 사람은 관계를 단절하고 말까? 왜 자신의 상처를 대물림하는 부모가 있는가 하면, 좀 더 좋은 부모가 되는 사람이 있을까? 피터 포나기는 그 핵심이 '마음 헤아리기'라고 보았으며, 마음 헤아리기를 '자신과 타인의 마음에 관심을 두고 이해하는 것'이라고 정의했다. 풀어 말하면 마음 헤아리기란 자신을 포함한 사람들의 표현과 행동을 보고 그 사람이 무엇을 느끼고 생각하고 원하는지를 이해하고 예측하는 능력이다. 다시 말해 타인의 행위나 표현만을 보는 것이 아니라 그 바탕에 어떤 마음이 있는지에 관심을 두고 얼마나 이해할 수 있느냐를 말한다. 앞서 말한 네 엄마 중 앞쪽 세 명은 마음 헤아리기 능력이 부족하고, 네 번째 엄마는 마음 헤아리기 능력이 발달했다고 볼 수 있다.

모든 노력이 가치 있는 것도 아니고, 노력했다고 해서 결과가 다 좋은 것도 아니다. 인간관계에서의 노력이 특히 그렇다. 내가 상대에게 잘해주고 그 반응으로 상대도 나에게 잘해준다면 인간관계에서 어려울 일이 없을 것이다. 하지만 현실 속 인간관계에는 문제를 더욱 꼬이게 만드는 헛된 노력이 비일비재하다.

앞에서 이야기한 것처럼 부부상담이나 가족상담을 하러 오는 이들은 관계 회복을 위해 노력을 아끼지 않는다. 이들은 자신의 부부관계, 부모 자식 관계가 좋아지기를 누구 못지않게 바라기 때문에 좌절에 따른 고통이 클 수밖에 없다. 그렇다면 왜 노력하는데도 인간관계가 풀리지 않을까? 마음 헤아리기 능력의 부족 때문이라고 단언해도 지나치지 않다. 마음을 헤아리는 능력이 있다면 가까운 관계에서 불필요한 갈등을 만들지 않을 뿐 아니라 갈등이 있더라도 이를 풀고 더욱 돈독해질 수 있으며, 나아가 서로가 원하는 것을 주고받을 수 있다. 그러나 마음 헤아리기 능력이 발달하지 못하면 인간관계가 꼬이고 힘들 뿐 아니라 심각한 정신적 문제를 일으킬 수 있다.

포나기는 "정신장애들은 필연적으로 마음 헤아리기를 하는 데서 어떤 곤란을 포함한다. 사실상 대부분의 정신장애는 마음이 자기 자신에 대한 경험을 잘못 해석하는 것으로, 그래서 결국은 일종의 마음 헤아리기 장애로 이해할 수 있다"라고 이야기한 바 있다. 생각해보라. 자폐스펙트럼장애가 있는 사람은 타인의 마음에 관심이 없다. 마음 헤아리기는 물론이거니와 눈맞춤조차 하지 않는다. 망상장애를 보자. 피해망상 환자는 객관적 근거도 없이 상대가 자신을 미행하거나 해코지한다고 믿는다. 근거는 오로지 자신의 느낌이다. 심각한 마음 헤아리기 오류다. 인격장애도 마찬가지다. 경계선 인격장애나 자기애성 인격장애 환자는 멋대로 상대의 생각이나 감정을 왜곡해서 판단하고 자신의 의도대로 조종한다. 다툼 뒤에 말을 하지 않는 배우자에게 "너는 지금 속으로 나를 비웃고 있지!"라는 식으로 상대의 마음을 멋대로 단정하고 그걸 인정할 때까지 괴롭힌다. 신경증도 마찬가지다. 이들은 모든 일을 자신과 연관 지어 생각하고 의미 없는 작은 단서까지도 놓치지 않고 그 안에서 상대의 의도를 읽어내려고 한다. 문제는 상대의 말 한마디 한마디, 표정의 변화 하나하나를 '부정적으로' 해석하는 데 능숙하다는 것이다. '표정이 안 좋은 것을 보니 나 때문에 화가 났을 거야' '카톡 답장이 늦는 걸 보니 나를 싫어하나 봐' 등 마음 헤아리기 오류가 빈번하다.

마음을 헤아리는 데는 타고난 사회성과 공감능력도 필요하지만 어린 시절의 안정적 애착 경험이 중요하다. 앞에서 말했듯이 헤아릴 수 있으려면 헤아림을 받아봐야 한다. 그런데 마음 헤아리기 능력은 그 능력이 발달하는 데 '결정적 시기'가 존재하지 않는다는 특징이 있다. 비록 어린 시절에 아이의 마음에 관심을 둔 부모 밑에서 자라지 못했더라도, 크면서 다른 대상을 만나서 발달할 수 있다. 불행한 어린 시절 탓에 불안정애착이 형성되었어도, 마음 헤아리기 능력을 발달시키면 세대 간에 전이될 수 있는 애착손상을 끊어낼 수 있다. 마음 헤아리기는 인간관계의 반복되는 고통 속에서 자신이 경험해온 관계의 역사를 이해하고, 타인과 자신의 처지를 오가며 관계를 성찰하는 노력이 뒤따른다면 더디더라도 꾸준히 향상된다. 마음 헤아리기 능력은 정서적 공감능력이 부족하고 상대의 마음을 잘 읽지 못하는 사람이라도 발달시킬 수 있다.

단, 필요한 게 있다. 바로 사람의 마음에 대한 관심이다. 우리는 과거의 상처를 되풀이할 수도 있지만, 꾸준히 나와 너의 마음에 관심을 둔다면 과거의 상처에서 벗어나 오늘을 살아갈 수 있다. 아니, 과거의 상처를 자원으로 삼아 더욱 성숙해질 수 있다.

마음 헤아리기란 무엇인가?

1. 사람의 마음을 이해하는 능력으로 이성과 감정, 공감과 성찰을 요구한다.

2. 타인뿐 아니라 자신의 마음 상태에 주의를 기울임으로써 자신과 타인의 경험을 이해하고 의미를 만드는 내적 과정이다.

3. 말과 행위의 바탕에 어떤 마음(생각, 감정, 욕구, 동기 등)이 있는지에 관심을 두고 이해하는 능력이다.

4. 나의 마음과 상대의 마음이 다르고 마음과 현실이 다를 수 있다는 것을 인지할 때 이루어진다.

5. 마음 헤아리기를 하려면 1인칭 관점에서 벗어나 '자신을 외부에서 바라보고, 상대를 그의 내부에서 바라보려는' 조망능력이 필요하다.

6. 마음을 헤아리고자 하지만 엉뚱한 방향으로 진행될 수 있다는 것을 염두에 둔다.

7. 연습을 통해 향상될 수 있으며, 특히 관계의 좌절과 고통의 순간에 성찰이 이어질 때 더디지만 향상된다.

8. 몸이 안 좋거나, 화 또는 불안으로 인해 정서적으로 동요하거나, 애착 욕구가 활성화되거나, 마음에 대한 관심이 약해지면 마음 헤아리기의 스위치는 꺼진다.

9. 서로 좋은 관계를 만들어가는 동력이며, 상처의 세대 간 전수를 끊어내고 획득된 안정성으로 나아가는 핵심 요소다.

10. 마음 헤아리기가 안 되는 것은 자연스러운 일이다. 이를 알아차리고 마음 헤아리기로 돌아오는 것이 중요하다.

2장

서로 좋은 관계로 가는 길

마음 헤아리기는 어떻게 관계를 변화시키는가

1 성인의 애착유형

사랑받고 자랐으니 안정애착 아닌가요?

은영은 남자친구와 한 번 헤어졌다가 다시 만나고 있다. 남자친구가 헤어지자고 했지만, 은영이 울고불고하는 통에 어영부영 다시 만남을 이어가게 되었다. 하지만 이미 떠나버린 마음이 돌아올 리 없었다. 주로 은영이 먼저 만나자고 해야 데이트를 한다. 속이 상할 때가 한두 번이 아니다. 은영의 친구들은 하나같이 지금의 남자친구와 헤어지고 다른 남자를 만나라고 하지만 은영에게 그런 말들은 전혀 귀에 들어오지 않는다. 애착유형 검사를 해보니 불안정애착으로 결과가 나왔다. 은영은 그 결과가 이해되지 않았다. 어린 시절 부모로부터 사랑을 듬뿍 받고 자랐다고 생각하기 때문이다. 은영은 집에서 말 그대로 공주였다. 부모는 자신이 원하는 것이라면 다 들어주었다.

성인이 되어 애정 결핍이나 불안정한 대인관계를 보이는 사람 중에 어린 시절 부모와의 관계는 좋았다고 기억하는 경우가 꽤 많다. 물론 부모와의 관계가 좋았어도 학교에서 따돌림을 당하거나 트라우마 등의 문제로 불안정애착이 될 수 있다. 그러나 어린 시절의 기억이 편향되거나 왜곡되는 경우도 많다.

가장 대표적으로는 과잉보호를 사랑이라고 기억하는 경우가 있다. 사실 아이는 애착욕구와 함께 탐색욕구를 가지고 있는 이중적 존재다. 부모에게 안기고 싶은 욕구가 있는 동시에 부모 품을 벗어나 세상을 탐색하고 싶은 욕구도 있다. 물론 어릴수록 애착욕구의 비중이 훨씬 크다. 그러나 아무리 어린아이라도 그 내면에는 스스로 삶을 살아가고 세상을 탐색하고자 하는 욕구가 꿈틀거리고 있다. 그렇기에 안정애착은 아이를 잘 안아주기도 해야 하지만 아이가 내려오고 싶어할 때 잘 내려주어야 형성된다. 그런데 불필요한 접촉과 침범으로 아이의 독립된 세계를 지켜주지 못하면 과잉양육이 되고 만다.

우리는 보살핌의 부족이 애착손상의 원인이라고 생각하지만, 지금 같은 과잉양육의 시대에는 보살핌의 과잉 역시 애착손상을 일으킬 수 있다. 그러므로 애착유형이나 어린 시절 부모와의 관계를 평가할 때는 본인의 기억에만 의지해서는 안 된다. 어릴 때 부모와 부정적 경험이 많았다고 기억한다면 불안정애착이고 반대로 어릴 때 부모가 잘해주었다고 기억한다면 안정애착이라고 단정할 수는 없다.

그렇다면 성인의 애착유형을 정확히 평가하는 방법은 무엇일까? 애착유형을 제대로 평가하려면 유아는 버클리대학교 심리학 교수 메리 에인스워스Mary Ainsworth가 개발한 '낯선 상황 실험strange situation test'을 하는 것이 좋고, 성인에게는 '성인애착 면접adult attachment interview, AAI'이 필요하다. 낯선 상황 실험은 말 그대로 유아를 낯선 상황에 두고 스트레스를 유발해서 유아와 애착 대상과의 상호작용을 관찰해서 애착유형을 평가한다. 아이가 아빠나엄마 등 누구와 있느냐에 따라 결과가 달라질 수도 있다. 그러나성인은 그렇게 평가할 수가 없다. 버클리대학교 심리학과 메리 메인Mary Main 교수 연구팀이 고안한 성인애착 면접은 낯선 상황 대신에 부모와의 관계에서 겪었던 상실, 거절, 분리 등을 떠올리고 성찰할 것을 요청한다. 질문 자체가 아픈 기억이나 강한 감정을 끄집어내서 스트레스를 유발한다. 피면접자는 안 좋은 일에 대해 기억하고 성찰하고 소통해야 하는 도전에 부딪힌다. 다시 말해 성인의애착유형은 직접적인 행동이나 상호작용이 아니라 '내면화된 대상관계'로 평가하는 것이다.

면접자는 성인 피면접자가 하는 이야기의 내용보다는 그 과정과 형식에 집중해서 평가한다. 좋은 기억이 많으면 안정애착, 안좋은 기억이 많으면 불안정애착이라는 단순한 평가가 아니다. 오히려 그 경험을 설명하는 방식과 태도, 대화의 질과 일관성을 중시한다. 안정애착 유형은 자신과 타인에 대한 견해가 균형이 잡혀, 긍정적인 면뿐 아니라 부정적인 면도 인정하고 받아들이는 능력이 있다. 안정애착 유형은 일관되고 통합된 애착 경험 모델을 가진 데비해 불안정애착 유형은 모순되고, 비일관적이고, 해리된 애착 경험을 지니고 있다. 이 차이는 대화에서도 여실히 드러난다. 메인은 면접 내용을 좀 더 객관적으로 평가하기 위해 언어철학자 폴 그라이스Paul Grice가 주장한 네 가지 규칙을 활용한다.

1. **질의 격률**maxim of quality: 적절한 증거가 없는 것은 말하지 마라. 진실한 내용으로 대화하라.
2. **양의 격률**maxim of quantity: 쓸데없는 말은 하지 말고 필요한 말만 하라.
3. **관련성의 격률**maxim of relevance: 대화의 주제와 관련 없는 엉뚱한 말을 하지 말고 대화의 주제와 관련 있는 말만 하라.
4. **태도의 격률**maxim of manner: 분명하고 조리 있게 말하라.

그렇다면 유형별로 대화에 어떤 차이가 있을까? 안정애착 유형은 일관되고 합리적인 대화를 한다. 애착 경험을 이야기할 때 구체적인 사건을 떠올리고 긍정적이든 부정적이든 일관성이 있으며 그라이스의 네 가지 규칙을 특별히 위반하는 게 없다. 그에 비해 회피형(무시형) 불안정애착은 애착 경험과 관계를 무시하거나 명백히 상충되고 일반화된 표현(예: 아주 정상적인 아버지, 너무 훌륭한 어머니 등)을 자주 사용한다. 그리고 탐색이 잘 이루어지지 않고 너무 짧게 대답하는 특징을 보인다. 그에 비해 불안형(집착형)은 과거의 애착 경험에 몹시 집착하거나 감정적으로 강렬하게 반응하거나 길고 모호한 표현이 많다는 특징을 보인다.

그러므로 단지 과거를 어떻게 기억하고 있느냐는 애착유형을 분류하는 중요한 기준이 아니다. 만약 어린 시절에 부모에게 사랑과 돌봄을 받지 못했다고 하더라도 그러한 경험을 균형감 있고 안정적으로 설명하고 이해하고 있다면 '획득된earned 안정애착'으로 분류할 수 있다. 따라서 성인 애착의 평가에서 가장 중요한 것은 '메타인지'와 '마음 헤아리기' 능력이라고 할 수 있다.

메타인지란 '생각에 대한 생각'처럼 한 차원 높은 상위인지를 말한다. 자신의 인지 과정을 관찰하고 조절할 수 있는 능력으로서 메타인지가 발달할수록 자신을 객관화할 수 있다. 예를 들어 자신이 무엇을 알고 무엇을 모르는지 잘 안다. 메타인지가 인간관계에 적용될 때 마음 헤아리기 능력이 발달한다. 이 두 능력은 한발 물러나 경험의 안과 밖을 살피며 경험을 객관화하고 통합하고 맥락적으로 이해할 수 있는 토대가 된다.

그렇다면 안정애착이란 단지 안정된 관계를 맺고 유지할 수 있는 능력을 넘어 한 차원 높은 의식의 발달을 이끄는 지휘자 역할도

한다는 것을 알 수 있다. 하지만 꼭 부모와의 안정애착만이 마음 헤아리기를 발달시킬 수 있다는 말이 아니다. 마음 헤아리기는 제 2의 애착 대상 또는 독서나 글쓰기를 통한 부단한 자기성찰에 의해서도 발달할 수 있다.

2 내적 경험의 반영

늘 삐딱하게 말하는 사람

우리는 대화를 할 때 어떤 예상이나 기대를 한다. 약속시간에 늦은 친구에게 "지금이 몇 시야?"라고 이야기하면 상대방이 건성으로라도 "미안해, 차가 좀 막혔어"라는 식으로 대답하기를 기대한다. 직장 일로 바빠서 일주일 만에 만난 연인에게 "자기야, 나 안 보고 싶었어?"라고 물어본다면 "말해 뭐 해. 많이 보고 싶었지"라는 대답을 기대할 수 있다. 그런데 가끔 예상치 못한 반응을 하는 이들이 있다. "지금이 몇 시야?"라고 이야기하면 "2시 30분!"이라고 하거나 "뭐야! 조금 늦은 걸 가지고 그래. 내가 잘못했다고 엎드려 빌까?" 하는 식이다. "나 안 보고 싶었어?"라는 질문에 "보고 싶었다는 이야기를 듣고 싶은 거야?"라거나 "왜 자꾸 그런 걸 물어봐, 피곤하게!"라는 대답이 돌아온다면 어떨까? 서로 갈등이 있고 기분이 안 좋은 상황이라면 모르지만 평소에도 대화방식이 이렇다면 대화다운 대화를 할 수 없고, 나아가 관계를 이어가기 힘들어진다.

형석이 그렇다. 그는 매사에 삐딱하게 말한다. 가까운 사람들과 대화를 제대로 이어가기가 쉽지 않다. 형석 부부는 아내가 직장에 다니고 형석이 집에서 아이를 돌본다. 형석은 여행 관련 일을 했는데 코로나19 팬데믹 때 그만두었다. 일하는 아내는 아이 상태를 자주 묻고 이런저런 요청을 한다. 하지만 대화는 번번이 뚝뚝 끊긴다. "명령하지 마. 내가 알아서 할 거야." "그럼 네가 직장 그만두고 키우든지." 그래도 그런 이야기는 참을 만하다. 아내가 정말 괴로운 것은 자신의 의도를 끊임없이 왜곡시킬 때다. 이를테면 "너는 내가 하는 것은 뭐든 못마땅하지?" "돈 못 번다고 나를 비웃고 있지!" "나랑 살기 싫지? 싫으면 싫다고 솔직히 이야기해" 같은 발언이다. 그러면 아내는 말문이 막힌다. 물론 남자가 돈을 벌지 못하고 집에 있으면 스트레스를 많이 받겠거니 이해하려고 한다. 하지만 돌아보면 형석이 직장에 다닐 때도 다르지 않았다. 아내는 보고 싶다거나 사랑한다는 다정한 말은 아예 바라지도 않았다. 그냥 자신의 말을 받아주기만 해도 좋겠는데 형석은 늘 삐딱하게 가시 돋친 말을 던졌다.

헤어질 생각도 여러 번 들었지만, 왠지 자신이 떠나면 형석이 제대로 살아갈 수 없을 것만 같았다. 미울 때도 많지만 한편으로는 측은한 마음도 크다. 형석이 부모에게 이야기하는 것을 보면 자신에게 하는 것은 아무것도 아니었다. 특히 아버지와 얘기할 때는 늘 날이 서 있다. 서로 피하지만 한번 붙으면 바로 육탄전이라도 벌어질 것처럼 아슬아슬하다. 형석은 아버지를 아버지로 대하지 않는다. 어릴 때 아버지가 기분 내키는 대로 혼내고 때리는가 하면 천식으로 기침을 멈추지 못하자 일부러 기침한다며 때린 적도 있다고 했다. 그러니 칭찬이나 인정을 받았을 리 없다. 어머니 또한 마찬가지다. 아버지와 다툴 때마다 그 스트레스를 형석에게 풀었다고 한다. 그런 형석을 보면 자꾸 안쓰러운 마음이 들었다.

그렇다면 형석은 왜 다른 사람과도 삐딱하게 대화를 할까? 흔히 공감능력이 부족하다고 이야기할 수 있지만, 그것만으로 설명하기에는 어딘가 부족하다. 공감능력이 부족하다고 꼭 말투가 삐딱하지는 않으니 말이다. 지금의 모습이 이해되지 않을 때 과거는 우리를 이해하는 중요한 열쇠가 되어준다. 아이는 태생적으로 자신의 내적 상태를 헤아려주기를 바란다. 아이는 자라면서 자신이 느끼는 것을 세분화해서 반영해주는 어른이 필요하다. 그런데 양육자가 아이의 내적 경험을 잘 반영해주지 못한다면 어떨까? 예를 들어 아이가 밤중에 잠이 깨어 울었다. 어두워 아무도 보이지 않으니 무서웠을 것이다. 그런데 우는 아이에게 "울지 마!" "왜 울어!

울면 때찌할 거야!" "왜 이렇게 귀찮게 해" 같은 반응을 보이면 어떨까? 이런 반응은 아이의 내적 경험과 부조화를 이룬다. 이렇게 아이의 상태와 조화되지 못한 반응들은 어떤 결과를 낳을까? 아이의 발달 과정은 맹목적 모방일 뿐 선택적 학습이 이루어지지 않는다. 아이는 부적절한 반응을 받았지만 이를 내적 경험에 대한 반영으로 엉뚱하게 내면화할 수밖에 없다. 그러나 이는 자신 안에 있으나 자신의 것으로 느껴지지 않는다. 정신분석학자 도널드 위니콧Donald Winnicott은 이렇게 부적절한 반영이 내면화된 것을 가리켜 '이질적 경험alien experience'이라고 표현했다. 자신 안에 있지만 자기와 통합되지 않고 혼란된 자기감을 형성하는 이질적 경험은 자라면서 성격과 관계에 어떤 영향을 끼칠까?

자신 안에 있는 이질적인 느낌은 늘 밖으로 투사되려는 속성을 지닌다. 제 것이 아니라는 느낌 때문이다. 그렇다고 아무에게나 마구 투사할 수는 없으므로 가까운 관계에 있는 사람을 상대로 이 경험들이 수시로 튀어나온다. 형석의 이질적 경험은 주로 부모가 그에게 보여준 분노와 관련이 있다. 분노로 뒤섞인 이질적 경험은 다른 사람에게 투사되기 쉽다. 그리고 투사에 그치지 않고 상대가 다시 자신에게 화를 내도록 조종하는 경우가 많다. 내부에 있는 불편한 감정을 외부에 투사하고, 더 나아가 상대가 그렇게 느끼도록 조종하는 것을 심리학에서 '투사적 동일시'라고 한다. 과거의 관계를 현재의 관계에 계속 재현하려고 하는 것이다. 이렇게라도 해야 자신에 대해 적절하다고 느낄 수 있다. 자신도 모르게 계속 삐딱하게 말하거나 대화가 늘 엇갈린 채 흘러가는 이유는 상대를 끊임없이 자극해서 상대가 자신에게 화를 내고 공격하게 만들려는 것이다. 다시 말해 자신 안의 '나쁜 것'이 내부에 있는 것이 아니라 외부에서 주어진 것임을 확인하려는 것이다.

3 마음의 미러링

이것이 너의 마음이란다

직장인 영현은 어디서든 늘 한발 뒤로 물러나 있다. 시키는 일은
잘하지만 스스로 무언가를 시도하지는 않는다. 그러고는 구경꾼처
럼 살아가는 자신을 스스로 '소심하다'고 표현한다. 그런데 할 말
을 하지 못하거나 원하는 것을 표현하지 못하는 게 아니고, 실제로
원하는 것이나 할 말이 별로 없다. 자신에 대해 생각하면 중요한
부속품이 빠진 것 같은 느낌이 든다. 영현의 부모, 특히 엄마는 다
른 엄마들과 달랐다. 여기저기 아프다는 곳이 많았고 무기력하게
지내는 시간이 길었다. 그의 기억 속에 있는 엄마의 모습은 어둡고
처져 있었으며, 생기가 느껴지지 않았다. 기본 살림은 했으나 자식
의 학교생활에는 거의 신경 쓰지 않았다. 과제물이 무엇인지, 누구
랑 친하게 지내는지, 학교에서 무슨 일이 있었는지 궁금해하지 않

았다. 영현은 엄마가 원래 그런 사람인 줄 알았지만 나중에서야 엄마가 오랫동안 만성 우울증을 앓았음을 알게 되었다.

갓난아이에게도 마음이 있다

앞에서 이야기한 것처럼 안정애착은 의식 발달에 새로운 차원을 부여한다. 메타인지와 마음 헤아리기 능력을 길러주는 것이다. 그렇기에 많은 심리학자가 한결같이 안정애착의 중요성을 강조한다. 그렇다면 안정애착을 형성하는 데 무엇이 중요할까? 메리 에인스워스의 '세심한 반응성sensitive responsiveness', 도널드 위티콧의 '안아주는 환경holding environment' 등 여러 표현이 있다. 그러나 막상 현실의 양육에서 어떻게 실천해야 하는지는 손에 잘 잡히지 않는다. 그에 비해 심리학자 엘리자베스 마인스Elizabeth Meins와 찰스 퍼니휴Charles Fernyhough는 '마음 헤아리기 양육mind-minded parenting'를 강조한다. (mind-minded라는 용어는 '마음을 염두에 두는'으로 번역할 수 있는데, 마음 헤아리기와 내용이 비슷해서 이 책에서는 '마음 헤아리기'로 쓰겠다.) 그렇다면 마음 헤아리기 양육은 무엇인가?

마음 헤아리기 양육의 핵심은 '갓난아이에게도 마음이 있다'에서 시작한다. 다시 말해 혼자서는 아무것도 할 수 없고, 의미 있는 말을 할 수 없는 아이라고 해도 부모와 다른 개별적 마음이 존재함을 인정해주는 것이다. 그런 부모라면 말 못하는 아이의 행동이나 표정에도 어떤 의미가 있다고 보고, 그 바탕에 있는 감정·욕구·흥미에 관심을 기울인다. 자녀의 몸짓과 표정과 행동을 의사소통 신호로 보고 아이의 마음을 헤아리는 것이다. 얼마나 많은 시간을 함께하느냐, 무엇을 하며 아이와 시간을 보내느냐보다 '양육자가 아이의 마음을 얼마나 염두에 두느냐'가 안정애착의 핵심이다. 여기서 중요한 것은 이런 관심이 '마음을 헤아리는 적절한 대화appropriate, mind-minded talk'로 표현되어야 한다는 점이다. 이를테면 아이의 눈빛, 표정, 몸짓을 보며 "이게 뭔지 알아? 이건 공이라고 해" "심심하지 않아? 뭘 하고 싶어?" "무슨 생각 해?" "장난치는 거야?" "속상하구나. 모빌이 손에 안 닿아?" 등 아이의 마음을 헤아려주는 대화를 시도하는 것이다.

그렇다면 언제부터 아이의 마음에 말을 걸어줘야 할까? 아이가 꼼지락대고 바둥거리고 옹알거리는 것 등이 과연 무슨 의미가 있을까? 그냥 반사적 행동이 아닐까? 돌도 지나지 않는 아이를 대화 상대로 대하는 것은 너무 앞서나가는 것 아닐까? 마인스와 퍼니휴는 그렇지 않다고 단언한다. 오히려 아이 마음에 말 걸기는 태어날 때부터 중요하다고 이야기한다. 연구 결과에 따르면 엄마가 아이의 옹알거림에 의미를 부여하면 아이가 안정애착으로 이어질 가능성이 컸다. 그리고 생후 8개월 전후로 엄마들이 아이와 나누는 대화를 평가했더니 엄마가 '마음을 헤아리는 적절한 대화'를 많이 할수록 향후 안정애착이 형성되었다. 그뿐이 아니었다. 마음 헤아리기 양육은 아이와의 안정적인 애착은 물론이거니와 사회적 기술과 공감능력, 자기조절력 등 심리발달 전반에 많은 영향을 주었다. 부모가 일찍부터 아이를 자기만의 마음을 가진 존재로 바라보고, 무엇을 생각하고 느끼는지 파악해서 이를 적절한 말로 표현해줄 때 아이들은 정신적으로 잘 성장하는 것이다.

이것이 너의 마음이란다

영현은 엄마가 자신의 마음이든 학교생활이든 물어봐준 기억이 없다. 학교와 학원이 끝나고 집에 오면 TV를 보거나 컴퓨터를 하며 시간을 보냈다. 숙제 말고는 일기를 써본 적도 거의 없다. 그렇다 보니 자신과의 대화가 낯설다. 누군가 감정이나 기분이 어떠냐고 물어보면 그냥 '좋다' '좋지 않다' '그저 그렇다' 정도로밖에 답하기가 어렵다. 감정이 잘 분화되어 있지 않다 보니 자신의 욕구도 잘 모른다. 영현뿐이 아니다. 주변을 보면 자신의 감정과 욕구를 잘 모르는 사람이 많은데, 이는 어른이 되어 나타난 현상이 아니다. 앞에서 이야기한 것처럼 아이가 자신의 감정과 욕구를 아는 것은 혼자서 가능하지 않다.

갓난아이는 자신의 감정과 욕구를 인식하지 못한다. 갓난아이는 쾌와 불쾌만 느끼는 채 세상에 태어난다. 신체적 자기만 있을 뿐 심리적 자기가 존재하지 않는다. 예를 들면 배고픔과 배부름이라는 쾌와 불쾌의 감각 경험을 웃음과 울음, 미소와 찡그림 등 비언어적 방식으로 드러낼 뿐이다. 불안이라는 원초적 감정 역시 불쾌한 신체적 경험으로 느낄 뿐이다. 신체적 자기에서 심리적 자기가 분화되려면 양육자의 반영이 있어야 한다. 양육자는 아이의 비언어적 표현을 보면서 아이의 내적 상태를 인식하고 아이의 신체적 경험을 심리적 경험으로 변화시켜준다. 다시 말해 아이가 무엇을 느끼고 무엇을 원하는지를 언어화해서 표현해주고 의미를 부여해준다.

이와 같은 부모와 아이의 상호작용은 사실 태내에서부터 시작된다. 예를 들면 임신한 지 몇 개월이 지나면 아이도 엄마가 듣는 음악에 반응한다. 출생 이후에는 더 말할 것도 없다. 엄마와 아이는 자연스럽게 동조해서 아이가 소리를 내면서 무언가를 잡으려고 하면 부모도 소리를 내며 아이의 동작을 흉내 낸다. 아이가 무언가를 쳐다보거나 가리키면 부모도 호기심을 가지고 그 대상을 바라보고 적극적으로 반응해준다. 만약 아이가 나비가 나는 것을 처음 보고 눈동자가 커졌다면 부모는 "와! 나비 봐. 나비! 나비가 날아가네"라고 반응해준다. 아이는 스스로 외부세계와 내부 경험을 지각하고 분류하고 표현할 수 없으므로 아이의 정서와 인지 발달에서 이런 과정이 매우 중요하다. 부모는 아이의 표정과 소리와 몸짓을 통해 아이의 내적 상태가 어떤지를 헤아리고 그에 걸맞은 이름을 붙여주는데, 이를 '미러링mirroring'이라고 한다. "졸립구나!" "심심한가 보네" "배고프지?" "놀랐구나. 괜찮아!" "장난감이 신기해?" 등 아이의 내적 상태에 주의를 기울이고 이를 심리적 언어로 반영해주는 것이다. 이 과정에서 아이는 자신의 내적 경험을 이해하게 되고 심리적 자기가 점점 발달한다. 적절한 헤아림을 받고 자라면 이후에는 스스로 자신의 마음을 헤아리고, 나아가 다른 사람의 마음 또한 헤아릴 수 있다. 부모의 언어가 아이의 언어가 되고 부모의 헤아림이 아이의 헤아림이 되는 것이다.

아이의 마음은 전혀 다듬어지지 않은 악기와 같다. 이러한 양육자의 '미러링'이야말로 악기의 음을 표준음에 맞춰가는 튜닝 작업과 비슷하다. 이 과정에서 단지 수동적으로 아이의 반응을 똑같이 비추어주는 게 아니라 톤업, 톤다운을 거쳐 좀 더 알맞게 반영한다. 만약 아이가 비행기 소리에 하늘을 바라보면 높은 소리로 "우아! 비행기가 큰 새처럼 하늘을 나네"라며 아이의 호기심을 자극할 수도 있고, 반대로 바람에 문이 쾅 닫혀 아이가 놀라서 운다면 "놀랐지? 많이 놀랐구나. 그런데 괜찮아. 바람이 불어서 그런 거야"라고 침착한 목소리로 아이를 안정시킬 수도 있다. 곧 미러링은 감정의 '미세조절micro-regulation'까지 포함한다.

포나기는 아이의 내적 경험을 잘 인식하고 언어화하고 의미를 부여하여 '이것이 너의 마음'이라는 것을 아이에게 잘 전달하는 것을 '뚜렷한 반영marked mirroring'이라고 표현한다. 이것이 나에게 마음이 있고 너에게도 마음이 있음을 인지하고 관계를 맺을 수 있는 상호적 관계의 토대가 된다.

4 관계의 균형

왜 남의 마음만 헤아리는가?

도훈은 이해심이 많다는 소리를 곧잘 듣는다. 그도 그럴 것이 자신이 바쁠 때도 누가 도움을 요청하면 일단 상대의 부탁을 들어주려고 애를 쓴다. 거절보다는 자신이 수고하는 게 마음이 덜 불편하다. 더 나아가 상대가 약속을 지키지 못하거나 심지어 자신에게 손해를 끼칠 때도 상대방을 이해하려고 노력한다. '뭔가 그럴 만한 이유가 있을 거야'라고 생각하는 것이다. 함께 상의해서 결정해야 할 일도 상대에게 양보할 때가 많다. 예를 들면 식사 메뉴를 고를 때 자신은 아무거나 괜찮다며 상대에게 선택권을 양보한다. 게다가 자신이 별로 좋아하지 않는 음식을 골라도 상대에게 맞춰준다. 도훈은 회를 좋아하지 않는데, 상대가 좋아한다면 자신은 사이드 메뉴 위주로 먹겠다는 생각으로 횟집에 가는 식이다. 그러다 보니 어디서든 사람 좋다는 말을 듣는다. 문제는 정작 자신에게는 손톱만큼의 이해심도 없다는 데 있다. 작은 실수라도 하면 '어떻게 그럴 수 있어!'라며 자신을 질책하고 비난한다. 그는 어쩌다 이런 불균형에 빠졌을까?

앞에서 심리적 자아, 곧 마음의 발달은 미러링을 통해 일어난다고 했다. 그런데 이러한 미러링에 유독 서툰 부모들이 있다. 이들에게는 독박육아 등 양육 스트레스가 과도하거나, 경제적 어려움에 시달리고 있거나, 미러링을 제대로 받지 못하고 자랐거나, 선천적으로 사회성과 공감능력이 부족하거나, 우울증과 같은 정신질환이나 큰 병에 걸렸거나, 심각한 자기고민에 빠져 있는 등 여러 가지 이유가 있을 수 있다. 이러한 양육자는 아이의 내적 상태에 초점을 맞출 수 없기에 제대로 미러링을 해주지 못한다. 건성으로 엉뚱하게 반응하거나 "왜 울어! 안 그쳐?" "이게 뭐가 무서워!"처럼 아이의 내적 경험을 억누르는 경우가 많다. 이러면 아이는 어떤 영향을 받을까?

매사추세츠대학교의 에드워드 트로닉Edward Tronick 박사는 1980년대에 '무표정 실험still face experiment'을 실행했다. 처음에는 엄마와 아이가 긍정적인 상호작용을 주고받는다. 그러다가 연구원의 안내에 따라 엄마는 뒤를 돌아본 다음 갑자기 굳은 표정으로 아무런 움직임도 없이 가만히 있는다. 아이는 즉시 무언가 달라졌다는 것을 눈치채고 혼란스러워한다. 엄마의 무표정한 모습이 이어지면 아이는 어떻게 할까? 이제 엄마의 반응을 끌어내려고 미소를 짓고 다른 물체를 가리키며 관심을 끌려고 하고 몸을 기울여 엄마를 만지려고 한다. 하지만 엄마가 계속해서 무표정하게 앉아 있으면 아이의 스트레스는 어느새 감당할 수 있는 수준을 넘어선다. 아이는 날카롭게 소리를 지르며 괴로워하다가 울음을 터뜨리고 만다. 이러한 '상호작용의 오류interactive error'는 아이에게 엄청난 스트레스다. 각종 스트레스 호르몬이 분출하고 공포, 절망, 슬픔, 분노 등 원초적 감정들이 올라온다. 이러한 오류가 반복되면 아이는 '무존재감feeling of nonexistence'에 빠진다. 무존재감이란 자신에게 반응이 없거나 자신을 귀찮아하거나 버거워하는 애착 대상을 보며 자신의 존재 자체가 부정당하는 느낌을 말한다. 이것이 바로 원초적 수치심이다. 이로 말미암아 형성된 정서적 도식은 두고두고 낮은 자존감과 자신에 대한 부정적 믿음을 만들어낸다.

이 실험에서 눈에 띄는 것은 엄마의 무표정한 모습을 견디지 못하고 어떻게든 엄마의 반응을 끌어내려는 아이의 행동이다. 아이는 온몸으로 엄마의 관심을 끌려고 애쓴다. 이렇게 미러링을 받지 못한 아이들에게서는 '역미러링reverse mirroring'이 나타날 수 있다.

역미러링이란 부모가 아이의 신호와 파장에 반응하는 게 아니라 오히려 아이가 부모의 신호와 파장에 자신을 맞추는 것을 가리킨다. 예를 들어 부모의 관심을 끌기 위해 의식적으로 행동하고,

억지로 웃어 보이고, 계속 눈치를 보며 부모가 편해하는 쪽으로 행동하고, 불편해도 아무렇지도 않은 척하는 등 부모에게 자신을 맞춘다. 심지어 부모를 안아주고 토닥여주는 위로 행동을 할 수도 있다. 역할이 뒤집힌 것이다. 아동기의 '역미러링'은 성인기 인간관계에서 그대로 재현되기 쉽다. 정작 자신의 감정과 욕구는 잘 알지 못하거나 중요하게 여기지 않으면서 상대의 마음만을 중요하게 여기는 것이다.

건강한 어른의 관계는 수평성과 상호성을 기반으로 형성된다. 그에 비해 건강하지 못한 어른의 관계는 늘 균형이 깨져 있다. 자신의 마음은 전혀 헤아리지 않고 상대의 마음만 헤아리는 이들이 있는가 하면 정반대 경우도 있다. 모두 마음 헤아리기의 실패다. 마음 헤아리기는 타인 지향적인 공감과 달리 자아와 관계의 '균형'을 강조한다. 하지만 타인중심성은 단순히 미숙함에서 나오는 것이 아니다. 미러링을 받지 못하는 상황에서 아이가 심리적으로 살아남기 위해 적응해온 생존방식일 수 있기에, 타인중심성에서 벗어나려면 어린 시절의 결핍과 상처에 대한 애도와 회복이 선행되어야 한다.

좋은 관계는 일방적인 희생과 인내로 발달하지 않는다. 서로의 마음을 헤아릴 수 있을 때 서로에게 좋은 관계가 된다. 상대의 마음을 헤아리듯 나의 마음을 헤아리며 균형을 찾아가는 것이야말로 '마음 헤아리기'다.

5 마음을 관찰하는 마음
친구가 당신을 만나 자꾸 시계를 본다면

오랜만에 동창을 만나 식사를 한 뒤 차를 마시고 있다. 그런데 대화 중에 친구가 시계를 본다. 두 번째다. 당신은 순간 친구가 시계를 보는 이유를 떠올린다. '지금 나랑 같이 있기 싫은 표를 내는 건가?' 상대가 의도적으로 불편함을 표시한다는 느낌이 든 것이다. 그런데 이보다 좀 더 강한 판단이 들었다고 해보자. '이 친구는 나랑 같이 있는 게 싫다고 표를 내고 있네.' 이러한 의문이나 판단은 종합적으로 상황을 파악한 것이라기보다 자동적이고 직감적이다. 물론 사실일 수도 있고 아닐 수도 있다. 다만 '이 친구는 나랑 같이 있는 것을 싫어해!'라고 단정 짓고 말았다면 다른 가능성은 끼어들 여지가 없다.

우리는 늘 상대의 마음을 읽는다

우리는 상대의 말과 행동을 있는 그대로 보지 않는다. '친구가 시계를 두 번째 보았다'라고 객관적인 사실만 받아들이지 않는다. 그 안에 담긴 의도와 감정을 읽어내고 해석하고 판단을 내린다. 무의식적이고 자동으로 일어나는 '마음읽기'다. 우리는 일상의 관계에서 수시로 마음읽기를 한다. 이러한 마음읽기는 정확도가 떨어지지만 우리는 그 점을 잘 모르고 인정도 하지 않는다. 자동적인 마음읽기는 과거 경험에서 영향을 많이 받는다. 과거에 안 좋은 인간관계 경험이 많았던 이들은 똑같은 상황이라도 부정적으로 해석하기 쉽다. 친구가 대화 중에 시계를 보면 '무슨 바쁜 일이 있나?'라고 생각할 수도 있지만, 부정적 인간관계 경험이 많았던 이들은 '나랑 같이 있기 싫다고 표 내나?' 하는 생각이 바로 떠오르는 것이다.

그래서 상대의 마음을 이해하려면 자동적인 '마음읽기'뿐 아니라 의식적인 '마음 헤아리기'가 필요하다. 우리는 보통 이 두 용어를 구분하지 않지만, 의사소통을 잘하려면 이 둘을 반드시 구분해야 한다. 일차적인 마음읽기를 하지 말아야 한다는 뜻이 아니다. 자동으로 일어나기 때문에 그럴 수도 없다. 중요한 것은 일차적인 마음읽기에서 끝내는 것이 아니라 이차적인 마음 헤아리기가 의식적으로 뒤따라야 한다는 것이다. 이를테면 앞의 예시에서 나랑 같이 있기를 싫어한다고 단정 짓는 게 아니라 '무슨 중요한 일이 있는 건 아닐까?' '아까 아이가 아프다고 했는데 일찍 들어가야 하는 것은 아닐까?' 등 다른 가능성을 헤아리는 것이다. 좀 더 나아가면 상대의 마음을 알기 위해 물어볼 수도 있다. "혹시 오늘 할 일 있어?"

그런데 대개는 '의식적 마음 헤아리기'와 '마음 물어보기'가 잘 작동하지 않고 가장 먼저 떠오르는 느낌을 사실화하는 데 익숙하다. 그러다 보면 친구는 원하지 않는데도 당신이 서둘러 일어나 자고 해버릴 수도 있고, 그 뒤로 기분이 상해 연락하지 않을 수도 있다. 다시 말하지만, '마음읽기'만 비대하게 발달되어 있으면 눈치와 짐작으로만 인간관계를 하게 된다.

심리도식과 심리적 융합

마음 헤아리기를 작동하지 않고 마음읽기만으로 인간관계를 맺는 것도 문제이지만 더 심각한 경우는 자신의 마음읽기를 바로 사실로 단정 짓는 것이다. 이렇듯 자동으로 떠오르는 자신의 생각, 느낌, 판단을 바로 사실화시키는 것을 심리학에서는 '심리적 융합 psychological fusion'이라고 표현한다. 문제는 심리적 융합에 따른 속단이 대개 부정적이라는 점이다. 이들은 아동기의 부정적 경험에서 비롯한 부정적 심리도식을 가지고 있다. '심리도식schema'이란 자기·타인·세상을 바라보는 마음의 틀로, 유·아동기에 일차적으로 만들어져서 이후로 삶과 인간관계에 깊이 영향을 끼친다. 그렇기에 우리는 동시에 두 세계를 살아간다. 실재하는 외부세계와 마음이 만들어낸 내부세계다. 마음이 건강하지 못한 사람일수록 이 두 세계 간의 불일치가 크다. 있는 그대로 세계를 바라보고 판단하는 것이 아니라 자신의 심리도식으로 자기와 세상을 바라보기 때문이다.

인간관계에서 가장 흔한 부정적 심리도식은 '나는 참 별로야' '사람들은 나를 싫어해' '사람들을 믿을 수 없어' '나는 너희들과 달라, 나는 특별해' 등이다. 이러한 심리도식은 발달하면서 아주 단단해진다. 심리도식에 따라 인간관계를 맺고, 그 과정에서 심리도식과 일치하는 단서만을 찾아서 받아들이기 때문에 갈수록 근거는 많아지고 확신은 깊어진다. 그러니 인간관계에서 수없이 엉터리 마음 헤아리기를 할 수밖에 없다. '우리 팀에서는 나만 없어지면 돼' '저 사람은 나를 싫어해' '나를 알고 나면 결국 나를 떠날 거야' '사람들은 속으로 나를 욕하고 있을 거야' '무슨 꿍꿍이속이 있어 나에게 잘해주겠지' '언제든지 나를 배신할 거야' 등 부정적인 생각을 자신의 주관적 해석이라 생각하지 못하고 사실로 단정한다면 관계는 꼬일 수밖에 없다. 실제 관계를 망치는 것은 자동으로 떠오르는 부정적인 생각이나 느낌이 아니라, 그것들을 사실로 단정짓는 심리적 융합이다. 그러므로 건강한 관계에는 속단에 빠지는 마음읽기에 거리를 두고 생각을 생각으로, 느낌을 느낌으로, 판단을 판단으로 바라보는 자기관찰이 무엇보다 필요하다.

현생인류의 정식 학명은 '호모 사피엔스 사피엔스Homo sapiens sapiens'다. 약 3~5만 년 전에 출현한 호모 사피엔스의 아형亞型이다. 호모 사피엔스는 라틴어로 사람을 뜻하는 homo와 '생각하다'라는 동사 sapio의 현재분사형인 sapiens가 결합한 말이다. 다시 말해 호모 사피엔스는 '생각하는 사람'을 뜻한다. 그렇다면 호모 사피엔스 사피엔스는 무슨 뜻일까? '생각하고 또 생각하는 사람', 그러니까 생각을 많이 하는 사람일까? 인간의 마음이 동물의 마음과 구분되는 가장 중요한 특징은 마음을 관찰할 수 있다는 것이다. 인간에게는 자신이 어떻게 생각하고, 느끼고, 행동하는지를 살펴보는 또 하나의 마음이 있다. 다시 말해 다른 동물에게는 없고 인간에게만 있는 정신 기능이 바로 '마음을 관찰하는 마음'이다. 그렇기에 인간은 성찰하고, 반성하고, 개선할 수 있다. 인간은 '생각을 많이 하는 사람'이 아니라 '생각에 대해 생각하는 사람'이다. 인간관계에서 자동으로 떠오르는 생각이나 느낌에서 한걸음 물러나 관찰할 때 우리 관계는 한걸음씩 나아갈 수 있다.

6 읽기의 언어, 헤아림의 언어

당신에게는 헤아림의 언어가 있나요?

경화는 한 달 전 주말에 생일을 맞아 서울에서 혼자 생활하는 딸과 함께 점심을 먹고 공연을 보기로 약속했다. 모처럼 딸과 오붓하게 시간을 보낼 생각에 기대가 컸는데, 약속 날짜 3일 전에 딸에게 전화가 왔다. 갑자기 일이 생겨서 내려오지 못한다며 예매한 기차표와 공연 표를 취소했다고 했다. 몹시 실망한 경화는 문득 딸이 사회생활도 이런 식으로 하겠다는 생각이 들어 대뜸 쏘아붙였다. "왜 약속을 그렇게 쉽게 생각해! 너 밖에서도 이러고 다니니?" 딸은 바로 화를 냈다. "엄마는 왜 말을 그렇게 해? 무슨 일인지 물어보지도 않고!" 경화는 어이가 없었다. "아니, 네가 밖에서도 그렇게 행동할까 봐 걱정돼서 그랬지. 다른 데서는 그러면 안 돼!" 딸은 더 화를 내며 한마디 했다. "엄마는 한 번도 나를 이해하려고 한

적이 없어. 맨날 가르치려 들고 혼만 낼 줄 알지!" 그대로 물러설 경화가 아니었다. "너 지금 약속 어겨놓고 미안한 마음은 있는 거니? 어디 엄마한테 화를 내!"라며 전화를 끊어버렸다. 두 사람은 지금 한 달이 넘도록 연락하지 않고 있다.

처음에는 자기가 먼저 잘못해놓고 화를 내는가 하면 듣기 싫은 이야기에는 귀를 닫아버리는 딸이 몹시 못마땅했다. 그런데 시간이 지날수록 마음이 불편해졌다. 친구들은 딸과 친하게 지내던데 자신은 왜 이렇게 딸과의 관계가 힘든지 속상했다. 예전에는 주로 딸 탓을 했지만 이번에는 한 번도 자신의 마음을 이해해준 적이 없다는 딸의 말이 마음에 걸렸다. 사실 경화도 자기 말투에 문제가 있다는 것을 안다. 주변 사람들에게 '잘 따진다' '말투가 딱딱하다' '사람을 가르치려고 든다' 같은 말을 종종 들어왔다. 말투를 고쳐 부드럽게 말하려고 노력해봤지만 잘 되지 않았다. 그래서일까, 경화에게는 오래된 가까운 관계가 별로 없다.

'나'는 내면화한 관계의 총합

당신은 부모보다 더 많은 성취를 해냈는가? 부모보다 더 나은 인격을 갖추었는가? 아니면 부모보다 더 좋은 부모가 되었는가? 아마 그렇다고 생각하는 이들이 꽤 있을 것이다. 그렇다면 그것은 누구의 공일까? 많은 사람이 자신이 노력한 결과라고 생각한다. 맞는 얘기다. 부모의 안 좋은 모습을 그대로 물려받아 살아가는 사람도 많으니까 말이다. 그러나 인간은 결코 혼자 성장하지 않는다. 인간의 성장은 오직 '대상의 내면화object internalization'를 통해 이루어진다. 내면화란 외부 대상이 지닌 속성의 일부 또는 전체가 내부로 흡수되는 것을 가리킨다. 간단히 말해 당신이 대상의 좋은 면들을 내면화하면 점점 좋은 사람이 되고, 대상의 나쁜 면들을 내면화하면 점점 나쁜 사람이 되어간다. 상담이 효과가 있는 것도 내면화 덕분이다. 내담자는 과거의 대상들과 달리 자신에게 공감해주는 치료자의 태도를 내면화한다. 이는 자신을 바라보는 관점과 자신을 대하는 태도에 변화를 일으킨다.

만약 당신이 부모보다 나은 사람이 되어가거나 점점 좋은 사람이 된다면, 당신 곁에 내면화할 수 있는 좋은 대상이 함께했음을 의미한다. 그렇다면 우리는 자신의 변화와 성장을 자신의 공으로만 돌릴 것이 아니라 자신의 인생에 좋은 영향을 끼친 이들에게 고마워해야 한다. 그렇다면 성장하지 않는 사람은 단지 노력을 하지 않아서가 아니라 곁에 긍정적인 영향을 주는 이들이 별로 없거나 스스로 마음의 문을 닫고 있기 때문일 수 있다. 그렇게 보면 '나'라는 사람은 단수가 아니라 지금까지 '내면화한 모든 관계의 총합'이다. 그러니 변화와 성장을 원한다면 좋은 내면화 대상을 찾아야 한다. 특히 아동·청소년기에 부정적 경험이 많았거나 불안정애착이 형성된 사람이라면 더욱더 그렇다. 아동기의 경험은 우리가 생각하는 것 이상으로 심리발달과 인간관계에 큰 영향을 끼친다. 어린 시기의 내면화는 선택적이 아니라 마치 마른 스펀지가 물을 그대로 빨아들이듯 맹목적으로 이루어지기 때문이다. 아이가 세상에 태어나 맺는 초기 상호작용은 그대로 아이에게 스며든다. 아이는 혼자서 자신이 어떤 사람인지 알 수 없다. 양육자의 눈에 비친 자기 모습을 보면서 자신이라는 존재를 확인할 수 있을 뿐이다. 이렇듯 아이에게 건네는 양육자의 말투, 언어, 표정, 행동 등은 고스란히 아이의 내면세계를 형성하는 재료가 된다. 이 재료는 자기 자신과의 관계뿐 아니라 다른 사람과 맺는 관계의 토대가 된다.

안정애착을 형성한 사람은 자신을 돌볼 수 있는 자원을 가진 셈이다. 힘들 때 위로와 보살핌, 격려를 받은 경험이 내면화되어 있어 자기 자신이 힘들 때 공감하고 위로하고 격려해줄 수 있다. 내면화된 헤아림의 언어를 활용해 자신은 물론 다른 사람의 마음도 헤아릴 수 있다. 그러나 헤아림을 받아본 적이 없는 이들은 헤아림의 언어가 없기에 자신의 마음도 상대의 마음도 헤아리기가 힘들다. 상대에게 무언가를 주려고 하지만 정작 상대가 원하는 것을 주기는 쉽지 않다. 경화 역시 자라면서 부모에게 헤아림을 받은 경험은 거의 없고 혼이 난 기억이 많다. 다만 경화는 자신의 경험을 부정적으로 여기지 않고, 엄격한 훈육 덕분에 자신이 반듯하게 자랄 수 있었다고 생각한다. 그래서 자신도 딸을 엄하게 키워야 한다고 생각했다. 부모의 중요한 역할이란 잘못이나 부족함이 있으면 바로잡아주는 것이라고 생각하며 딸을 길렀다. 그럼 헤아림의 언어를 습득하지 못한 사람은 어떻게 해야 하는가?

　너무 낙심할 필요는 없다. 예를 들면 성인의 안정애착 유형은 하나의 동질적인 범주가 아니다. 그중에는 좋은 부모를 만나서 어릴 때부터 성인까지 줄곧 안정애착을 유지하는 사람도 있지만, 어릴 때는 불안정애착이었다가 성인이 되면서 안정애착으로 바뀐 사람도 있다. 후자의 경우는 어떻게 그럴 수 있었을까? 이들은 제2의 애착 대상을 만났거나 독서, 글쓰기 등 자기치유와 자기이해의 과정을 거쳐 자신에게 내면의 벗이 되어주었기에 안정애착을 '획득'했다. 아동·청소년기 경험이 중요한 것은 사실이지만 그 시기만이 삶을 결정하지는 않는다. 단, 초기 경험의 영향에서 벗어나려면 한 가지 조건이 있다. 과거가 현재에 끼치는 영향을 구체적으로 이해해야 한다. 그래야 주의할 수 있고, 미처 성숙하지 못한 부분을 발달시켜나갈 수 있다. (이것이 우리가 심리학을 공부하는 이유다.) 인간관계도 마찬가지다. 과거 부정적 경험으로 인해 마음을 헤아리는 능력이 부족하더라도 배울 수 있다. 그러려면 좋은 책, 좋은 사람, 함께 성장할 집단을 찾아 기꺼이 다가가야 한다. 능동적 내면화가 바로 변화와 성장이다. 그래서 경화는 환갑이 다 되어 심리학 공부를 시작했다. 생애 초기의 관계는 우리가 선택할 수 없지만, 어른이 되어 맺는 관계는 선택할 수 있다.

마음읽기 언어와 마음 헤아리기 언어

헤아림의 언어는 기본적으로 어린 시절 헤아림을 받은 경험들이 내면화되어 갖추어지지만 성인이 되어서도 배울 수 있다. 예를 들어보자. 당신이 퇴근하고 집에 왔는데 배우자의 얼굴빛이 안 좋아 보인다. 당신이 특별히 잘못한 것이 없으므로 배우자의 표정이 왜 굳었는지 궁금하다. 그래서 "무슨 일 있어?"라고 물어본다. 이 궁금함을 담은 질문 자체가 헤아림의 언어다. 그런데 궁금해하기보다 자동으로 '또 왜 저래!' '애 공부시키려다가 성질이 났겠지!'라고 생각한다면 질문 없이 지나치기 쉬울 것이다. 전자는 마음 헤아리기 스위치가 켜진 상황, 후자는 마음읽기 스위치만 켜진 상태다.

마음 헤아리기 언어의 기본은 간단하다. '자신과 상대의 마음에 대해 궁금함을 담아 질문하는 것'이다. 나 자신에게 "왜 화가 났어?" "뭐가 불안해?"라고 묻는 것이 자기에 대한 마음 헤아리기다. 상대방에게 "왜 울어?" 또는 "왜 웃어?"라고 묻는 것도 마음 헤아리기다. 그런데 주의할 것이 있다. 말에 궁금함이 담겨 있고 부드러워야 한다. "왜?"는 뉘앙스에 따라 궁금함으로도 전달되지만 판단하고 공격하는 말이 되기도 한다. 똑같은 말이어도 표현이 부드럽지 못하면 "왜 웃어?"가 '왜 기분 나쁘게 웃어!'라는 의미로 들릴 수 있기 때문이다.

말투는 오래된 습관이라 뿌리가 깊어 바꾸기가 쉽지 않다. 이런 습관의 변화는 행동 차원이 아니라 더 상위 차원에서 접근해야 한다. 이를테면 가치관이나 정체성의 변화가 동반되어야 한다. 운동을 꾸준히 하기 위해서는 목표를 '운동 열심히 하기'가 아니라 '건강하게 살기'로 잡아야 한다. 말투를 바꾸는 것도 마찬가지다. 그저 말을 예쁘고 부드럽게 하겠다고 결심한다고 해서 바뀌는 것이 아니라 마음의 작동방식이 바뀌어야 한다. 마음읽기가 줄어들고 마음 헤아리기가 늘어나야 한다는 말이다.

관계는 언어로 이루어진다. 관계의 언어는 크게 '판단의 언어'와 '헤아림의 언어'로 나뉜다. 전자의 기반은 마음읽기, 후자의 기반은 마음 헤아리기다. 마음읽기는 판단적이고 자기보호가 우선인 반면 마음 헤아리기는 비판단적이고 상호교류가 중요하다. 판단의 언어는 딱딱하고 차갑고 닫혀 있다. 그에 비해 헤아림의 언어는 부드럽고 따뜻하고 열려 있다. 말하는 사람이 아니라 듣는 사람이 이렇게 느껴야 한다. 마음 헤아리기가 발달하면 말투도 달라진다. 헤아림의 말은 타고난 재능이 아니다. 수많은 헤아림의 상호작용이 자연스럽게 내면화된 결과이거나 관계를 소중히 여기는 마음에서 비롯된 노력의 산물이다. 관계는 언어로 맺어지고 깊어지지만 동시에 언어로 멀어지고 끊어진다. 그만큼 우리는 우리가 쓰는 말에 주의를 기울여서 마음 헤아리기를 연습해야 한다. 그렇다면 마음읽기 언어와 마음 헤아리기 언어는 어떤 점이 다를까?

마음읽기 언어

마음읽기 스위치는 자동으로 켜져 상대의 말과 행동의 의도나 동기를 신속하게 판단한다. 의도가 긍정적이라고 판단되면 교류가 일어나고, 부정적이라고 판단되면 바로 마음이 닫히고 자신을 방어하거나 상대를 공격한다. 마음읽기는 생존을 위해 발달했기 때문이다. 만약 과거 인간관계에서 부정적 경험이 많았다면 부정적인 마음읽기가 일어나기 쉽다. 다음은 흔히 보이는 마음읽기 언어의 유형이다. 한 가지 주의할 점이 있는데, 실제 이렇게 생각하더라도 겉으로는 그대로 표현하지 않을 수 있다. 사회적 존재인 인간은 이런 언어를 오히려 정반대로 표현할 수도 있다. 그래서 마음읽기 언어는 작은따옴표(' ')로 표시했다.

1. **판단하거나 지적하는 말**: '그렇게 생각하면 안 되지.' '당신은 참 무관심해!' '너 지금 나를 우습게 보고 있잖아.' '(화낼 일도 아닌데) 왜 화를 내!'

2. **방어하거나 회피하는 말**: '그게 아니라 내 말은……' '나만 그래? 그럼 너는!' '나보고 뭘 어쩌라고!' '(너랑은 말하기 싫으니까) 나중에 얘기해.'

3. **때 이른 조언이나 충고의 말**: '왜 그렇게 해? 이렇게 하면 되잖아!' '내 말 들어. 다 너를 위해서 하는 말이야.' '시간이 지나면 다 해결돼. 그걸 뭐 하러 고민해?'

4. **공격하거나 비난하는 말**: '왜 일을 그딴 식으로 해!' '너는 기본이 안 돼 있어.' '너도 남자냐?'
5. **통제하거나 지시하는 말**: '이렇게 하라니까! 그냥 시키는 대로 하라고.' '내 말에 토 달지 마!'

마음 헤아리기 언어

마음 헤아리기 스위치는 의식적으로 켜진다. 자동적 마음읽기로 부정적인 판단을 내리고 나서도 마음 헤아리기 스위치를 켤 수 있다. 스위치가 켜지면 우리는 부정적 판단을 유보하고 상대가 어떤 마음인지 이해하려고 한다. 추측이나 짐작이 아니라 대화를 통해 상대의 상황과 마음을 파악하려고 하는 것이다. 마음 헤아리기는 소통을 중시한다. 마음 헤아리기 상태에서는 속단하지 않고 여러 가능성을 열어놓은 상태에서 신중하고 차분하게 접근한다. 물론 판단을 할 수 있고 조언도 건넬 수 있지만, 어디까지나 숙고를 거친 다음에 이루어진다. 다음은 마음 헤아리기 언어의 유형이다. 마음 헤아리기 언어는 속으로 느끼는 대로 표현되기 쉽기에 큰따옴표(" ")로 표시했다.

1. **관심과 호기심의 말**: "마음이 좀 어때?" "그때 어떤 마음이었어?" "왜 그렇게 마음이 상했는지 궁금했어."
2. **반영하고 공감하는 말**: "그랬구나." "그렇게 느꼈구나." "그

때 마음이 참 힘들었겠다."

3. **촉진하는 말**: "좀 더 얘기해줄 수 있어?" "좀 더 듣고 싶어."

4. **사과하거나 약속하는 말**: "그 부분은 미안해." "다음에 이 부분은 좀 더 신경 쓸게." "나도 노력할 테니 당신도 같이 노력하면 좋겠어." (마음 헤아리기의 사과나 약속은 갈등을 덮기 위해 때 이르게 하는 것이 아니라 충분히 대화를 나눈 다음에 구체적으로 이야기하는 것을 말한다.)

5. **요청하거나 부탁하는 말**: "이렇게 해주면 좋겠어." "나는 네가 이렇게 해줄 때 참 좋아." "지금 얘기하기 싫으면 나중에라도 이야기해주면 좋겠어."

마음읽기 언어	마음 헤아리기 언어
1. 판단하거나 재단하는 말	1. 관심과 호기심의 말
2. 방어하거나 회피하는 말	2. 반영하고 공감하는 말
3. 때 이른 조언이나 충고의 말	3. 촉진하는 말
4. 공격하거나 비난하는 말	4. 사과하거나 약속하는 말
5. 통제하거나 지시하는 말	5. 요청하거나 부탁하는 말

그들의 사랑은 어떻게 갈수록 깊어질까?

남녀 간의 사랑에도 식품처럼 유통기한이 있을까? 사랑에 관해 수많은 과학적 연구가 이루어지면서 사랑 역시 유통기한이 있다는 이야기가 정설로 받아들여진다. '300일 유통기한 설'을 제시한 코넬대학교의 신시아 하잔Cynthia Hazan을 비롯해 여러 학자가 내린 결론은 18개월에서 30개월 정도다. 흔히 사랑의 호르몬이라고 일컬어지는 도파민, 페닐에틸아민 등과 같은 물질들의 분비가 사랑에 빠지고 18~30개월 지나면 현격히 줄어들기 때문이다. 아무리 뜨거웠던 사랑도 시간이 지나면서 식어가고 권태기가 찾아오는 걸 보면 그런 것도 같다. 그런데 주변을 둘러보면 잠시 권태기가 오더라도 극복하며 십수 년 또는 수십 년 동안 행복하게 살아가는 부부도 있다. 이들의 사랑에는 방부제라도 들어 있는 것일까?

엄밀히 말해 학자들이 말하는 사랑의 유통기한은 '열정'의 유통기한이다. 쉽게 말해 연애 감정이 지속되는 기간이다. 어떤 이들은 연애 감정이 시들면 사랑이 끝나지만 어떤 이들은 연애 감정이 시들어도 사랑이 이어진다. '열정적 사랑'은 약해지지만 '온화한 사랑'이 깊이를 더해가는 것이다. 그렇다면 시간이 지날수록 점점 깊이 사랑하는 이들은 뭐가 다를까? 사회심리학자 아서 아론Arthur Aron은 '자기확장 모델self-expansion model'을 바탕으로 '두 사람이 관계 안에서 서로 발전하기 때문'이라고 이야기한다. 아론은 좋은 관계의 본질이 '상호확장', 곧 서로 성장하는 관계라고 본다.

관계에 깊이를 더하는 마음 헤아리기

사랑에 빠지는 것은 자동으로 되지만, 사랑이 깊어지려면 많은 이해와 노력이 필요하다. 바꿔 말하면 연애는 누구나 할 수 있지만 사랑은 아무나 할 수 있는 게 아니다. 그렇다고 사랑이 희생과 헌신으로 지탱된다는 의미는 아니다. 희생과 헌신이 사랑의 요소일 수는 있어도 본질은 아니기 때문이다. 희생과 헌신으로 이어지는 사랑은 오래갈 수 없다.

그런 의미에서 우리는 공감과 마음 헤아리기를 구분할 필요가 있다. 먼저 공감이 정서적 측면에 좀 더 초점을 둔다면 마음 헤아리기는 정서와 인지의 균형을 중시한다. 굳이 이야기하자면 마음 헤아리기는 '성찰적 공감'이라고 할 수 있다. 그리고 공감이 기본적으로 타인 지향적이라면 마음 헤아리기에서는 자신과 타인의 균형이 중요하다. 타인의 마음만 헤아리고 자신의 마음을 헤아리지 못하는 것은 마음 헤아리기의 실패라고 볼 수 있다. 그리고 중요한 차이가 또 있다. 마음 헤아리기는 상대의 감정과 고통뿐만 아니라 욕구, 관심사, 행복, 꿈에도 관심을 둔다는 점이다. 그래서 마음 헤아리기는 사랑을 상호성장으로 나아가게 하는 동력이 된다.

마음 헤아리기가 발달한 사람의 사랑은 일종의 '예술'에 비유할 수 있다. 이들이 사랑하는 대상은 평범함에서 특별함으로 승격된다. 마치 조각가가 평범함에서 특별함을 발견하는 것과 같다. 조각가는 평범한 돌덩이에서 남들은 보지 못한 어떤 형상을 떠올린다. 그러고는 정성스러운 손길로 돌덩이를 쪼아내고 다듬어서 마침내 숨겨졌던 형상을 현실세계로 드러낸다. 미켈란젤로는 다비드상을 조각할 때 바위 안에 천사가 갇혀 있음을 느끼고 그를 자유롭게 해주고 싶은 마음으로 작업했다는 말을 남겼다.

"나는 대리석 속에 갇힌 천사를 보았고, 그가 차가운 돌 속에서 풀려날 때까지 돌을 깎았다."

물론 열애에 빠졌을 때 분출되는 물질들 탓에 사랑이 일시적인 착각으로 끝날 수도 있다. 상대의 모든 것이 예쁘고 멋지게 보였다가 열정이 사그라들면서 상대의 실체에 크게 실망하는 사람도 많다. 그러나 모든 커플이 콩깍지가 벗겨졌다고 해서 결별하지는 않는다. 잠시 실망스럽더라도 더 깊어지고 성장해가는 관계도 많다. 열정이 식었어도 상대방의 장점을 더 좋게 보고, 심지어 다른 사람들이 보지 못하는 가능성을 발견하고 믿는다. 사랑이란 기본적으로 자신의 자아 이상이 상대에게 전환되는 것이기 때문이다. 그렇다면 사랑은 혹시 그저 망상이고 환각일까? 아니다. 미켈란젤로가 원석을 다듬어 아름다운 조각상을 만들듯 우리는 사랑을 통해 더 좋은 사람이 되어간다. 마음 헤아리기가 작동하는 사랑은 건강한 사랑이며, 이를 가리켜 사랑의 '미켈란젤로 효과Michelangelo effect'라고 한다.

암스테르담 자유대학교의 사회심리학자 케릴 러스벌트Caryl Rusbult 연구팀이 미켈란젤로 현상을 연구한 결과 어떤 커플은 점점 더 좋은 사람이 되어가고 서로의 삶을 완성해간다고 느낀다. 이들은 이상적인 자아가 되어가도록 상대를 다듬고 쪼아주는 망치와 끌이 되어주었다. 사랑하는 사람들이 서로 점점 더 좋은 사람이 되어간다고 느낄 때, 관계에서 느끼는 만족감과 활력도 커진다. 그러나 이런 현상은 저절로 이루어지지도, 모든 커플에게서 나타나지도 않았다. 많은 시간을 함께 보낸다고 해서 되는 일도 아니었다. 두 사람이 서로 상대의 삶과 이상에 관심을 기울이고 지지해줄 때만 나타나는 현상이었다. 바꿔 말하면 마음 헤아리기 능력을 갖춰야 가능한 일이다. 건강한 사랑은 상대를 자기 욕망의 충족 대상이 아니라 고유한 꿈과 욕망을 가진 개별적인 존재로 바라본다. 그리고 그 꿈과 욕망을 알고 싶어하고 이를 펼쳐낼 수 있도록 자극이 되어준다.

당신은 사랑하는 사람이 있는가? 그렇다면 상대가 무엇을 원하는지 잘 알고 있는가? 상대가 지금 무엇에 관심을 기울이고 있는지 아는가? 한 번이라도 상대가 바라는 꿈이 무엇인지 물어본 적이 있는가? 언제 행복한지 물어본 적이 있는가? 없었다면 이제라도 진지하게 한번 물어보자.

"당신은 요즘 무엇에 관심이 있어?" "당신은 어떤 사람이 되고 싶어?" "당신이 이루고 싶은 꿈이 뭔지 궁금해."

그렇다면 어떻게 상호확장이 일어날까?

아서 아론은 '자기확장 모델'에서 두 사람의 자아가 서로 발전할 때 오랫동안 좋은 관계를 유지할 수 있다고 했다. 이 이론은 두 가지 원칙을 기반으로 이루어진다. 첫째, 인간에게는 자기확장의 동기가 있다. 둘째, 사람은 혼자가 아니라 다른 사람과의 관계를 통해 자기확장을 도모한다. 다시 말해 사람의 성장과 발전은 관계 안에서 이루어진다. 희생과 헌신은 자칫 일방적인 관계로 고착되어 자기고갈로 끝나기 쉽다. 좋은 관계의 본질은 희생이 아니라 확장이다. 희생과 헌신이 불필요하다는 얘기가 아니라 그것이 주가 되면 좋은 관계라고 할 수 없다는 말이다. 그렇다면 어떻게 상호성장의 관계를 맺을 수 있을까?

첫째, 일상의 작은 관심과 반응이다. 존 가트맨John Gotmann 연구팀은 사랑을 연구하기 위해 워싱턴대학교의 한 건물에 '러브 랩Love Lab'을 만들었다. 그러고는 신혼부부들을 초대해 24시간을 보내도록 하고 이들의 생활을 촬영했다. 6년 뒤에 이들의 관계를 조사했더니 그사이 결별한 커플은 연구소에 머무르는 24시간 동안 평균적으로 상대의 요청이나 관심사에 세 번에 한 번 정도의 반응을 보였다. 그에 비해 관계를 지속한 커플들은 평균 86퍼센트의 반응을 보였다.

둘째, 새로운 경험을 늘려가는 것이다. 가족심리학자 샬럿 라이스만Charlotte Reissman이 커플 53쌍을 대상으로 연구한 결과에 따르면 새로운 경험을 늘려가는 커플은 같은 경험을 반복하는 커플보다 관계 만족도가 높았다. 특히 여행, 공연장 가기, 스키, 등산, 댄스 등 일상에 약간의 흥분이나 즐거움을 주는 활동들이 만족도를 더 높였다. 활동에서 비롯한 흥분이나 설렘이 상대에 대한 애정과 구분되지 않는 것이다.

셋째, 각자의 경험으로 서로를 자극한다. 상호성장하는 관계는 함께하는 것과 혼자 있는 것이 균형을 이룬다. 또한 각자 경험한 것들을 공유하면서 새로운 자극을 불러일으킨다. 상호성장하는 관계에서 우리는 상대를 통해 자극을 받고 새로운 것을 얻는다고 느낀다.

넷째, 상대의 꿈과 성장을 응원한다. 이들은 자기 영역에서 발전하도록 상대의 목표와 꿈에 관심을 기울인다. 상대가 무엇을 하고 싶어하는지, 무엇을 중요하게 여기는지, 무엇을 이루고 싶은지 등에 관심을 갖고 응원한다.

8 마음의 손상과 복구

마음 헤아리기 스위치가 꺼지는 순간

연희는 주말에 여섯 살 아들을 데리고 대형서점에 갔다. 아들은 만화책을 꺼내 들었고 연희도 바로 옆에서 좋아하는 작가의 그림책을 보고 있었다. 10분쯤 지났을까? 옆을 보니 아이가 없었다! 당연히 멀리 가지 않았을 거라고 생각해서 처음에는 별로 놀라지 않았다. 그런데 주변을 둘러보아도 아이가 보이지 않았고 화장실에도 없었다. 점점 심장이 두근거리고 정신이 아득했다. 주말 오후라 붐비는 서점에서 아이 이름을 크게 부르며 찾으러 다녔다. 다른 아이 엄마가 직원에게 방송을 내보내달라고 해보라는 말에 정신이 들었다. 방송이 나가고도 아이를 찾으러 정신없이 뛰어다니는 중에 아이를 데리고 있다는 방송이 흘러나왔다. 얼른 뛰어가니 아이가 직원 옆에서 막대사탕을 빨고 있는 게 아닌가! 아이는 엄마를 보자

아무 일 없었다는 듯 천연덕스럽게 환히 웃었다. 연희의 눈에서 불 꽃이 튀었다. 아이의 엉덩이를 때리며 "어디를 가면 간다고 말을 해야 할 거 아냐!"라고 소리를 지르자 아이는 순식간에 울음보를 터뜨리고 말았다. 그런 아이에게 "울지 마! 뭘 잘했다고 울어. 한 번만 또 그러면 그때는 정말 혼날 줄 알아!"라며 야단을 쳤다. 연희는 울음을 멈추지 못하는 아이를 겨우겨우 달래 밖으로 데리고 나왔다.

걱정이 되는데 왜 화를 낼까?

아이에게는 무슨 일이 벌어졌을까? 아이는 호기심에 여기저기 둘러보다가 그만 엄마를 놓쳤다. 불안했다. 엄마 있는 곳으로 가야 하는데 어디가 어디인지 몰랐다. 엄마가 보이지 않자 아이도 놀라 울음을 터뜨렸다. 그때 한 손님이 아이를 매장 직원에게 데려다주었다. 아이를 맡아준 직원은 다행히 아이를 달랠 줄 알았다. 아이는 엄마가 금방 올 거라는 말에 안심하고 직원이 건네준 사탕을 빨며 엄마를 기다리고 있었다. 그리고 잠시 뒤에 뛰어오는 엄마를 보고 무척 기뻤다. 그런데 자기를 보는 엄마의 눈빛이 너무 무서웠다. 아이는 영문을 몰랐지만 두 팔을 벌렸다. 하지만 엄마는 안아주기는커녕 소리부터 지르고 때렸다! 서러워서 다시 눈물이 터져

나왔다. 엄마가 자신을 전혀 생각해주지 않는 것 같았다.

주변을 보면 이와 비슷한 일이 흔하게 일어난다. 어린아이에게만 그러지 않는다. 가까운 사람, 특히 가족이 아프거나 어려움을 겪고 있을 때 공감하고 돌봐주기는커녕 화를 내고 야단을 친다. "그러게 내가 뭐랬어" "너 그럴 줄 알았다" "도대체 왜 그래?" 하며 그렇잖아도 힘든 사람을 더 힘들게 한다. 설사 그 사람이 잘못한 점이 있다 하더라도 괜찮은지부터 물어봐야 하지 않나? 도대체 왜 그럴까? 정말 걱정하거나 공감하는 마음이 전혀 없어서일까? 하지만 대다수 사람이 속으로는 걱정하고 안타까워한다. 다만 그 표현이 짜증이나 야단으로 나타날 뿐이다. 이들은 왜 속으로 느끼는 것과 겉으로 표현하는 것이 이렇게나 다를까?

그 이유를 알려면 먼저 사람의 스트레스 반응 체계를 이해할 필요가 있다. 우리가 스트레스를 받으면 두 가지 반응 체계가 활성화된다. 첫째, '투쟁-도피 반응'이다. 스트레스로 교감신경이 활성화되어 싸우거나 도망치는 것으로, 인간을 비롯한 척추동물이 보이는 전형적인 스트레스 반응이다. 둘째는 '보살핌-어울림 반응'이다. 스트레스를 받으면 가까운 이들에게 다가가 의지하거나 어울리는 것을 말한다. 이 반응은 스트레스로 배쪽 부교감신경이 활성화되어 일어나고 인간을 비롯해 사회성이 높은 고등 포유류에서 보인다. 다시 말해 사회성이 높을수록 스트레스를 받으면 싸우거나 도망치기보다 가까운 이들과 어울린다. 물론 스트레스가 생존을 위협할 수준이라면 당연히 싸우거나 도망치는 반응을 보여야 한다. 문제는 생존이 위협받는 큰 스트레스가 아닌데도 부교감신경이 제대로 발달하지 못해 투쟁-도피 반응을 보이는 경우다. 부교감신경은 주로 미주신경이 담당하므로 '미주신경 긴장도vagal tone'가 스트레스 반응을 좌우한다. 미주신경 긴장도가 높은 이들은 스트레스를 받더라도 교감신경을 진정시키고 배쪽 미주신경이 활성화되어 보살핌-어울림 반응이 일어난다. 그에 비해 미주신경 긴장도가 낮은 이들은 스트레스를 받으면 교감신경만이 주로 활성화되어 투쟁-도피 반응을 일으킨다. 그래서 걱정이나 공감이 되어도 먼저 화를 내거나 침묵으로 반응하는 경우가 많다.

아동기에 부정적 경험이 많았던 이들은 미주신경 긴장도가 낮아서 가까운 사람이 힘들어하면 따뜻한 말과 친절을 베풀지 못하기 쉽다. 그에 비해 자라면서 정서적 보살핌과 헤아림을 받은 이들은 미주신경 긴장도가 높아서 가까운 사람이 힘들어하면 따뜻한 말과 스킨십으로 상대를 진정시키고 어떻게 된 일인지 차분히 들어볼 수 있다. 마음 헤아리기가 작동되는 것이다.

마음 헤아리기가 작동되지 않을 때

마음 헤아리기가 작동되지 않으면 지레짐작과 같은 마음읽기와 투쟁-도피 반응이 쉽게 활성화된다. 안정애착이 형성되었다고 해서 꼭 마음 헤아리기가 잘되는 것은 아니다. 안정애착이라고 하더라도 마음 헤아리기를 어떤 때는 잘하고 어떤 때는 잘 못할 수 있다. 마음 헤아리기를 잘하지 못한다는 것은 마음읽기에 빠져 심리적으로 융합되기 쉽다는 의미다. 그러니 우리는 언제 마음 헤아리기가 잘 작동되지 않는지 알아두어야 한다. 자신을 곧바로 변화시키거나 문제를 한 번에 완전히 해결하기란 쉽지도 않을뿐더러 그럴 필요도 없다. 자신이 반복하는 문제를 정확히 인식하는 것으로 시작해도 충분하다. 문제를 정확하게 정의하고 인지하면 변화로 이어지고 불필요한 갈등을 피할 수 있다. 그러면 주로 어떤 때 마음 헤아리기가 작동되지 않을까?

첫째, 정서적으로 크게 동요될 때다. 앞에서 예로 든 것처럼 아이를 잃어버리는 상황에서는 마음 헤아리기가 작동되기 힘들다. 크게 놀라거나 격분하거나 수치심이 일어날 때도 순간적으로 교감신경이 활성화되어 방어 모드나 투쟁 모드로 돌변하곤 한다. 마음 헤아리기는 환경적으로 안전하고 정서적으로 안정되었을 때 잘 작동할 수 있다.

둘째, 애착욕구가 활성화될 때다. 성인이라도 아프거나 힘들면 애착욕구가 커진다. 상대에게 일방적으로 의지하고 싶은 애착욕구가 커지면 관계는 자기중심적으로 흐르고, 상대에 대한 기대가 높아지고, 상대가 나만을 위해주기를 바란다.

셋째, 상대를 잘 안다고 생각할 때다. 상대를 잘 안다고 생각할수록 상대에 대해 궁금할 게 없어진다. 잘 아는데 궁금할 게 뭐가 있겠는가.

여기서 중요한 것은 마음 헤아리기가 잘 안 된 것을 알아차리고 뒤늦게나마 상대의 마음을 헤아리는 것이다. 연희는 집에 와서야 서점에서 있었던 일을 다시 생각했다. 당시에는 너무 경황이 없었는데, 생각하면 할수록 아이에게 미안한 마음이 들었다. 나도 이렇게 놀랐는데 얘는 얼마나 놀랐겠어? 아이 마음을 전혀 헤아리지 못한 채 소리부터 지르고 때리기까지 했으니 얼마나 서러웠을까? 눈물이 핑 돌았다. 연희는 조심스럽게 아이 곁으로 다가가 말을 건넸다. "아까 엄마가 보이지 않았을 때 마음이 어땠어?" 아이는 눈치를 보더니 중얼거리듯 말했다. "음, 무서웠어. 아주 많이……." 연희는 연신 "그랬지. 그랬구나!"라며 아이의 마음을 어루만져주었다. 그리고는 다시 물어보았다. "엄마가 너한테 야단쳤을 때는?" 아이는 울먹이며 이야기를 꺼냈다. "나를 안아줄 줄 알았는데 엄마가 화부터 내고 때리니까 무섭고 서러웠어." 아이는 다시 울음보를 터뜨렸다. 연희는 아이를 안아주며 함께 울었다. "엄마가 너무 미안해. '얼마나 무서웠니?' 하고 ○○이를 안아주었어야 했는데……. 엄마가 정말 놀라서 그랬나 봐. 엄마는 너를 잃어버린 줄 알았거든. ㅇㅇ이를 다시 못 보는 줄 알고 너무 무서웠어." 연희는 아이에게 바로 사과하지 않았다. 먼저 아이의 마음이 어땠는지 궁금해하며 물어봤고, 아이의 대답을 듣고는 그 마음을 보듬어주었다. 그것이 바로 마음 헤아리기다. 아이도 자신의 잘못을 뉘우쳤다. "엄마! 내가 더 잘못했어. 다음에는 어디 갈 때 엄마한테 꼭 얘기할게." 그 뒤로 두 사람의 마음은 어떻게 되었을까? 앙금이나 상처가 남아 있을까? 원래대로 복구되었을까? 아니면 그전보다 믿음과 사랑으로 더 단단히 연결되었을까? 마음 헤아리기는 손상의 복구를 넘어 더 깊은 연결로 우리를 이끈다.

9 갈등을 푸는 법

마음 헤아리는 사회

얼마 전에 아들과 대화를 나누다가 놀란 적이 있다. 영어를 잘하는 친구를 가리켜 '재능충'이라고 하는 게 아닌가! 그 아이가 했을 노력은 배제하고 그저 좋은 유전자를 타고난 것뿐이라며 깎아내리는 느낌이 들었다. 굳이 예를 늘어놓지 않아도 지금 우리 사회에는 비슷한 표현이 차고 넘친다. 국가인권위원회가 2021년 9월 발표한 온라인 혐오 표현 인식 조사에 따르면 국민의 약 80퍼센트가 온라인 혐오 표현 문제가 심각하다고 여기고 있다. 전염병처럼 혐오가 창궐하고 있는 것이다. 이러한 현상은 우리 사회의 마음 헤아리기 역량을 떨어뜨리고 더 큰 대립과 갈등으로 몰아가고 있다. 걱정스러운 것은 많은 사람이 혐오 표현을 심각하다고 여기는데도 혐오 표현이 줄기는커녕 늘어나고 있다는 점이다.

혐오는 관계에서 가장 강렬하고 극단적인 감정이다. 누군가를 싫어할 수는 있다. 우리는 누군가에게 다시는 그 사람을 보기 싫을 정도로 화가 날 수 있다. 그러나 이런 분노와 미움의 감정은 유동적이다. 두 번 다시 안 볼 것 같은 마음이었지만 시간이 흐른 뒤 언제 그랬냐는 듯이 가깝게 지낼 수도 있다. 그러나 혐오는 상대에 대한 이해나 애정이라고는 눈꼽만큼도 없는 감정이다. 상대를 나쁘고 추악하고 더럽고 형편없는 대상으로 보기에 절대 상종할 수 없다고 느낀다. 개인을 혐오하면 안 만나는 게 방법일 수 있다. 그러나 집단을 향한 혐오는 대상을 어떻게든 없애고 싶은 마음으로 이어진다. 혐오는 공동체의 존립을 위협하는 가장 파괴적인 감정이다. 지금까지 마음 헤아리기를 개인과 가족관계 안에서 살펴봤지만, 마음 헤아리기는 발달하는 과정에서 집단과 사회의 문화로부터 영향을 크게 받는다. 사회적 마음 헤아리기 능력과 개인적 마음 헤아리기 능력은 밀접하게 연관된다. 마음을 중요하게 여기고 헤아릴 줄 아는 사회에서 개인의 마음 헤아리기 능력은 크게 발전한다. 하지만 서로 자기주장만 늘어놓고 사회적 갈등과 반목이 끊이지 않는 사회에서는 마음 헤아리기가 작동할 수 없다.

갈수록 커지는 세대 간 갈등

우리 시대에는 다양한 갈등이 존재하는데, 그중에서 특히 기성세대와 청년세대 간의 갈등이 심각하다. 직장에서도 세대 간 갈등이 여러 문제를 야기하고 있다. 기성세대는 청년세대를 보며 '이기적이다' '예의가 없다'라고 생각하고, 많은 청년은 기성세대를 '꼰대'로 여긴다. 이 차이는 대화의 불통으로 이어진다. 기성세대는 꼰대 소리를 들을까 봐 할 말을 못하고, 청년세대는 말해 봤자 듣지도 않을 거라는 생각에 말문을 닫는다. 2020년 대한상공회의소에서 직장인 1만 3천 명을 대상으로 한 조사에 따르면 63.9퍼센트가 세대 차이를 느낀다고 답했다. 연령별로는 20대, 30대의 체감도는 각 52.9퍼센트, 62.7퍼센트였고 40대, 50대는 69.4퍼센트, 67.3퍼센트로 윗세대로 갈수록 세대 차이를 크게 체감했다. 문제는 이러한 세대 차이가 갈등으로 이어지고 탈출구를 찾지 못하기에 회사나 가정에 부정적인 영향을 끼친다는 사실이다.

세대 간의 갈등을 어떻게 풀어야 할까? 한 가지 확실한 것은 '100분 토론'식의 논쟁으로는 풀리지 않는다는 사실이다. "너희(당신)들이 틀렸다!"라는 이야기로 흘러갈 수밖에 없기 때문이다. 맞고 틀림을 가리는 논쟁이 아니라 다른 세대의 문화와 성장 과정을 이해하기 위한 대화가 필요하다. 우리는 우리가 생각하는 것 이상으로 상대와 상대의 문화를 모른다. 그냥 '당신은 이런 사람

(들)'이라는 고정관념에 갇혀 상대를 바라보고 있는지도 모른다. 그렇다면 어떻게 하면 이 상태를 바꿀 수 있을까?

　미국의 한 대학교에서 15년 동안 인류학을 가르친 레베카 네이던(가명) 교수는 자신이 가르치는 대학생들을 도무지 이해할 수 없었다. 자신의 학생 시절과 달리 요즘 학생들은 수업시간에 발표도 거의 하지 않고, 책도 미리 읽어오지 않고, 교수를 만나러 오지도 않았기 때문이었다. 학생들을 이해하려면 인식을 전환할 필요가 있었다. 그는 안식년을 맞이해서 획기적인 결심을 했다. 다시 대학생이 되어보기로 한 것이다. '새내기 대학생이 된 교수님'은 1년 동안 기숙사에 살면서 강의를 듣고 과외활동을 하는 등 여느 학생들과 똑같이 지내봤다. 어땠을까? 교수일 때는 학생들이 수업 준비를 제대로 안 해온다고 생각했는데, 학생 입장이 되어보니 여러 과목에서 동시에 내주는 자료를 다 읽을 시간이 턱없이 부족했다. 학생들은 시간 관리를 하느라 사투를 벌이고 있었다. 네이던은 열심히 공부했지만, 대다수 과목에서 간신히 B학점을 받았다. 그는 1년간의 경험을 통해 요즘 학생들 역시 자신이 학교를 다닐 때처럼 열심히 살아가고 있다는 결론을 내렸다. 다음 해 강단으로 돌아온 네이던 교수는 과제물의 양을 20퍼센트 정도 줄였고, 수업 준비가 좀 미흡한 학생들을 이해할 수 있었다. 그리고 그 경험을 《미국의 대학생은 지금My Freshman Year》이라는 책으로 펴냈다.

　1950년대 사회심리학자 고든 올포트Gordon Allport는 '접촉가설

contact hypothesis'을 제안했다. 적대적인 관계에서도 일상에서 접촉을 늘리면 편견이 줄어들고 갈등이 약화된다는 가정이다. 《혐오 없는 삶》을 지은 독일 저널리스트 바스티안 베르브너Bastian Berbner도 '접촉'을 강조한다. 그는 "어떤 사람을 진짜 알게 되면 더는 그를 증오하지 못한다"라고 말했다. 실제로 난민이나 동성애자 또는 정치적 반대 진영을 혐오하다가 막상 그 사람과 이웃이 되고 접촉이 늘어나면 혐오 감정이 누그러지는 것을 확인할 수 있다. 한 가지 문제는 우리와 다른 의견이나 배경을 가진 사람을 만나는 것 자체가 쉽지 않다는 것이다. 인터넷, SNS, 유튜브가 우리의 접촉 반경과 사고의 지평을 넓혀주었는가? 그러지는 못한 것 같다. 개인의 관점과 맞는 채널만 구독하고 알고리즘이 제공하는 뉴스나 정보만 보다 보니 우리가 접하는 세계는 점점 협소해지고 있다.

그렇다면 세대 간 접촉을 늘릴 방법이 있을까? 나는 몇 년째 심리 워크숍을 운영해오고 있다. 참가자들은 나이 차이가 많이 난다. 대부분 부모와 자녀 세대가 섞여 있다. 그렇다면 세대 간의 갈등이 터져나올까? 한 번도 그런 적이 없다. 오히려 세대갈등이 아니라 세대공감으로 이어지는 경우가 많다. 자기돌봄과 관계돌봄이라는 공통의 관심사가 있기 때문이다. 다른 세대 참가자들을 통해 자신의 자녀나 부모를 이해하게 되는 경우도 많다. 단순한 세대 간 접촉보다 중요한 것은 어떤 관심사와 목적을 가지고 접촉하느냐다. 그런 면에서 세대 간 접촉에는 일보다는 취미와 관심사가 중요하다. 동호 모임을 보면 세대 간의 갈등이 문제가 되지 않는다. 취미와 관심사가 서로를 연결하고 이해하는 다리가 되어주므로 세대 간의 대화는 세대 차이가 아닌 세대 간 소통으로 이어진다.

마음 헤아리기는 상황을 이해하는 것

낙태 문제는 미국에서 심각한 사회 갈등의 원인 중 하나다. 찬반 양측의 대립이 너무 커서 1977년부터 1996년까지 방화나 테러와 같은 폭력사건이 해마다 13건 이상 발생했다. 이에 1992년부터 양 진영 활동가들은 대화 프로그램을 운영했다. 이 모임에서 대화의 목적은 낙태에 대한 찬반 논쟁이 아니었다. 대화 전문가들이 적극 개입하여 '각자 어떤 사연으로 이 운동을 시작했는지'를 서로 이야기하게 했다. 활동가들은 지금까지 상대 진영 활동가들에게 아무런 관심이 없었다. 그저 자신과 반대 주장을 늘어놓는 '도무지 이해하지 못할 사람들'이라고만 생각했다. 그러다가 처음으로 상대가 그런 운동을 펼치게 된 사정을 듣게 되었다. 그들을 둘러싼 상황과 역사를 알게 된 것이다.

사람들은 그 과정에서 상대 역시 자신과 크게 다르지 않은 보편적인 사람임을 깨달았다. 표면적인 입장은 상반되지만, 그 바탕에서 '인간에 대한 사랑과 존중'이라는 공통점을 확인한 것이다. 이들은 각 진영의 신념은 유지하되 함께 협력할 수 있는 일을 모색하기로 했다. 대표적인 활동이 바로 '낙태 예방 운동'이다. 두 진영 모두 낙태 예방에는 뜻을 같이했기 때문이다. 이후 낙태 논쟁과 관련된 폭력사건은 절반 이하로 줄어들었다.

갈등이 심한 부부도 마찬가지다. 이들은 분노와 미움을 넘어 증오와 혐오의 감정을 가진 경우가 많다. 부부이지만 도저히 상종할 수 없는 사람으로 여기는 것이다. 나는 부부상담을 할 때면 왜 서로를 미워하고 혐오하게 되었는지 이야기하게 한다. 미움과 혐오의 감정 아래에 있는 좌절된 욕구를 살펴보고 표현하도록 돕기 위해서다. 그들은 관계에서 무엇을 중요하게 여기는지 이야기한다. 표현은 다르지만 하나같이 상대에게 이해받고, 인정받고, 사랑받고 싶었던 욕구를 말한다. 그 기대가 송두리째 무너져내릴 때의 아픔이 바로 미움과 혐오의 감정으로 나타난 것이다.

미워하고 혐오하는 겉모습의 밑바닥에는 여전히 상대에게 가장 소중한 사람이 되고, 좋은 관계를 맺고 싶은 욕구가 있다. 그들이 원하는 것은 서로 다르지 않다. 이 점이 상담시간에 각자의 입을 통해 드러나면 둘 다 놀란다. 배우자가 자신을 싫어하는 것을 넘어 경멸한다고 생각했는데 그 바탕에 여전히 이해받고 사랑받고 싶은 욕구가 있다는 것을 확인하면서부터 비로소 갈등이 풀리기 시작한다.

우리 사회는 세대 간 갈등·성별 갈등·정치적 갈등 등 다양한 사회 갈등이 증오와 혐오로 번져가는 한편, 대화다운 대화가 별로 없다. 조용히 이야기할 수 있는 일을 소리 지르며 이야기하고, 대화로 풀 수 있는 일을 소송으로 해결하려고 한다. 상대가 어떤 상황에 놓여 있는지, 상대의 마음이 어떤지 알려고 하지 않은 채 그저 자신의 의견만 주장한다. 그것은 대화가 아니라 독백이다. 상대가 나를 이해하지 못한다고 하려면 나는 상대를 얼마나 이해하고 있는지를 돌아볼 수 있어야 한다. 다섯 살 이하의 아이는 인지발달의 한계로 인해 모든 것을 일인칭 관점으로만 보기에 마음 헤아리기를 할 수 없다. 자신이 좋아하는 것은 상대도 좋아하고, 자신이 경험한 것은 상대도 경험했다고 생각한다. 이맘때의 아이들끼리는 대화하는 것처럼 보이지만 사실은 쉴 새 없이 혼잣말을 하고 있다. 대화가 아니라 상호독백인 것이다. 우리 사회의 갈등을 풀어가는 모습도 아이들과 크게 다르지 않다. 나는 우리 사회가 상호독백의 사회에서 벗어나 대화다운 대화가 가능한 사회, 서로의 마음을 중요하게 여기는 사회가 되기를 바란다. "요즘 마음이 어때(요)?"라고 묻는 것이 자연스러운 사회가 되면 좋겠다. 마음을 헤아리는 사회에서 우리도 서로의 마음을 헤아릴 수 있기 때문이다.

마음 헤아리기가 발달한 사람의 특징

1. 자신과 상대의 마음과 상황을 이해하려고 한다.
2. 자신의 느낌이나 판단을 바로 사실이라고 단정 짓지 않고 다른 가능성을 열어놓는다.
3. "기분이 어때?" "그때 마음이 어땠어?"와 같이 대화 중에 마음의 상태를 자주 묻는다.
4. 쉽게 판단, 충고, 조언을 하지 않는다.
5. 부드럽게 거절할 수 있다.
6. 즉각적으로 반응하지 않고 생각하고 반응한다.
7. 이해되지 않는 언행을 보더라도 어떤 이유가 있을 수 있다고 보고 왜 그러는지 이해하려고 한다.
8. 갈등이 있을 때 대화로 풀려고 시도한다.
9. 자신의 마음을 헤아리고 원하는 것을 부드럽게 표현한다.
10. 대화에 매몰되지 않고 더 높은 관점에서 자신이 어떻게 대화하는지를 파악한다.
11. 일방적으로 도움을 베풀기보다 함께 풀려고 한다.
12. 말에서 진심이 느껴진다.
13. 상대의 취향, 관심사, 계획, 목표, 꿈 등에 관심을 두고 알고 싶어한다.

3장

마음 헤아리기의 작동

어떻게 마음을 헤아릴 것인가?

1 인정의 시작

너의 마음과 내 마음은 다르다

오래전에 아내가 독감에 걸려 크게 아픈 적이 있었다. 아내는 종일 아무것도 먹지 못하고 누워만 지냈다. 저녁에 집으로 가다가 곰탕 집을 보니 바로 아내 생각이 났다. 아내가 곰탕을 먹으면 조금이라도 기력을 차릴 것만 같았다. 1인분을 사서 집에 도착하자마자 팔팔 끓이고는 누워 있는 아내에게 밥 먹고 기운을 내자고 이야기를 건넸다. 그런데 아내는 지금은 먹기 힘들다며 나중에 먹겠다고 했다. 뭔가 예상대로 흘러가지 않았다. 나는 재차 권했다.

"그러지 말고 국물이라도 떠먹어봐. 그래야 약을 먹지."

아내는 할 수 없다는 듯 겨우 몸을 일으켜 식탁까지 나왔다. 그런데 곰탕을 보고는 비위가 상했는지 바로 다시 들어가는 것 아닌가!

"아니, 그냥 들어가면 어떡해! 사온 사람 성의를 봐서라도 국물이라도 좀 먹지."

서운한 마음에 나는 한마디 더 내뱉고 말았다! 그러자 아내는 뒤를 돌아보면서 이렇게 말했다.

"아니, 왜 아픈 사람을 힘들게 해!"

순간 아내가 야속했다. 어쩌면 이렇게 사람 마음을 몰라줄까 싶었다. 결국 아내는 자꾸 먹으라고 독촉하는 나 때문에, 나는 곰탕을 거들떠보지도 않는 아내 때문에 기분이 상했다. 차라리 아무것도 사가지 않았다면 이런 일도 없었을 텐데. 인간관계에는 상대를 위해 한 일로 좋은 소리를 듣기는커녕 서로 마음만 상하는 경우가 비일비재하다. 왜 이런 일이 벌어지나? 내 마음과 상대의 마음이 달라서다. 그렇다면 독자 여러분은 누구 잘못이 더 크다고 생각하는가? 판단이 안 선다면 이 점을 생각해보자. 곰탕을 산 나는 '마음 헤아리기' 스위치가 켜져 있었을까, 꺼져 있었을까?

사람의 마음을 헤아린다는 것은 무슨 뜻인가? 아내가 아팠던 그날, 마음 헤아리기 모드가 작동했다면 나는 어떻게 행동했을까? 인간관계가 힘든 것은 노력이 부족해서가 아니라 상대를 염두에 두지 않고 자기 생각에만 빠져 있기 때문이다. 마음 헤아리기에는 크게 세 가지 요소가 있다.

첫째, 상대의 마음과 내 마음이 다르다는 것을 염두에 두는 것이다. '염두念頭'라는 말은 '마음의 머리' 또는 '마음속'을 뜻한다.

다시 말해 마음 헤아리기는 상대의 마음과 내 마음이 다름을 기본 전제로 관계를 맺는 것이다. 곰탕을 먹으면 기운을 차릴 거라는 것은 내 생각이다. 아내 마음은 내 마음과 다르다. 곰탕을 먹고 싶을지도 모르지만 전혀 먹고 싶지 않을 수도 있다. 관계의 초기에는 나는 이것을 좋아하지만 상대는 싫어할 수 있다는 점을 잘 염두에 둔다. 그렇기에 "뭐 좋아하세요?"라고 묻는다. 그러나 관계가 가까워지면서 점점 상대의 마음과 내 마음이 다르다는 것을 잊는다. 아니, 상대의 마음과 내 마음이 같을 것이라고 또는 같아야 한다고 생각하는 경우가 많다.

둘째, 상대의 마음을 궁금해하고 알고 싶어하는 것이다. 나의 마음과 너의 마음이 다르다는 것을 인정하는 것으로 끝난다면 마음 헤아리기가 작동하기는커녕 '너는 너대로, 나는 나대로' 식이 되기 쉽다. 마음 헤아리기는 서로의 마음이 다르다는 전제하에 상대의 마음을 알고 싶어하는 관심과 호기심이 작동하는 상태다. 같다면 궁금할 이유가 없다. 다르니까 어떻게 다른지 알고 싶은 것이다. 나는 이럴 때 행복하고 이렇게 해주면 사랑받는다고 느끼는데 상대는 언제 행복을 느끼고 어떻게 해줄 때 사랑받는다고 느끼는지 알고 싶어진다.

셋째, 상대의 마음을 물어보는 것이다. 많은 사람이 가까운 관계에서 상대방이 무엇을 원하는지 잘 물어보지 않는다. 그냥 자신의 의도가 좋으면 결과도 좋을 것이라 여기고, 자신이 주는 것 그

자체를 상대가 좋아하기를 바랄 뿐이다. 마음 헤아리기는 단지 상대에 대해 많이 생각하는 것이 아니다. 상대의 마음을 지레짐작해서 판단하는 것도 아니다. 실제 상대의 마음이 어떤지, 상대는 무엇에 관심을 기울이고 있는지, 상대는 무엇을 원하는지를 물어보는 것을 말한다.

다시 곰탕 이야기로 돌아가보자. 마음 헤아리기 모드가 작동되었다면 나는 어떻게 행동했을까? '곰탕을 끓여주면 어떨까?'라는 생각이 떠올랐을 때 바로 행동하기보다는 내 마음과 아내의 마음이 다르다는 것을 염두에 두었을 것이다. 곰탕을 먹고 기력을 차리기를 바라는 것은 내 마음일 뿐 아내의 마음과 상태는 다를 수 있으니까. 그렇다면 아내의 상태는 어떻고 무엇을 원하는지 궁금해했을 것이다. 그리고 아내에게 전화를 걸어 물어보았을 것이다. "지금은 몸이 어때?" "오늘 뭐 좀 먹었어?" "뭐가 먹고 싶어?" 만약 아내가 무언가를 먹고 싶다고 했다면 그 음식을 사갔을 것이고, 우리 부부는 서로 만족했을 것이다.

2 한 사람, 하나의 문화

어떻게 너까지 나를 이해해주지 않아?

영주는 30대 중반으로 5개월 된 딸을 둔 직장여성이다. 남편과는 독서 동호회에서 만났다. 남편과 영주는 좋아하는 책과 작가, 음악이 비슷했다. 그와 이야기를 나누다 보면 생각의 깊이가 느껴졌고, 분명 같은 책을 읽었는데도 자신이 생각하지 못한 새로운 관점을 보여주었다. 무엇보다 영주의 이야기를 잘 들어주고 이해해주었다. 두 사람은 급속도로 가까워졌다. 더 고민할 필요가 없었다. 뭐랄까, 말 그대로 잃어버린 반쪽을 찾은 느낌이었다. 그렇게 열애에 빠져 6개월 만에 결혼했다. 그리고 이듬해 초에 딸을 낳았다. 그런데 출산 이후 갈등이 불거지기 시작했다. 아기가 수시로 잠을 깨서 하루도 편하게 잠을 자지 못하는데, 남편은 출산 3개월 무렵부터 잠자리를 요구했다. 아직 몸도 다 회복되지 않았고 피곤하기도 해서 싫다고 얘기했는데도 남편은 몇 번씩 관계를 시도하려고 했다. 너무 화가 났다. 도무지 이해할 수가 없었다. 자신은 하루 종일 육아에 시달려 몸이 녹초가 되는데 자기 욕심만 채우려는 남편이 너무 실망스러웠다. 남편은 남편대로 마음이 크게 상했다. 몸에 손만 대도 짜증을 내고 손을 뿌리치는 아내를 보며 정이 떨어졌다. 그동안 아내가 잘해준 기억은 모두 휘발되고 그냥 자신을 싫어하고 거부한다고만 여겨졌다. 이후로 부부는 각방을 쓰고 말도 거의 하지 않고 있다.

단지 이해하려고 노력할 뿐

살다 보면 왜 그렇게 말하고 행동하는지 이해가 안 되는 사람들이 있다. 이를테면 계속 자기 생각이나 방식을 강요하거나, 나에 대해 잘 아는 것처럼 함부로 이야기하거나, 듣고 싶지 않은 개인사나 다른 사람들의 험담을 늘어놓거나, 같이 해야 하는 일은 본체만체하고 자기 잇속만 차리는 사람. 이렇게 잘 안 맞는 사람들과 한 공간에서 생활하는 것은 큰 고통이다. 그런데 반대로 말도 잘 통하고 생각이나 취향도 비슷해서 잘 맞는다고 느끼는 사람들도 있다. 이들과는 금세 친해진다. 그래서 우리는 사람을 '잘 맞는 사람'과 '안 맞는 사람'으로 구분하기 쉽다. 물론 둘 사이에 걸쳐지는 사람들 또한 많다.

그렇다면 이러한 분류는 고정된 것일까? 상담실을 찾는 사람들은 대부분 잘 맞는다고 생각했던 사람과 갈등을 겪으며 고통스러워한다. 잘 안 맞는다고 생각했던 사람들과의 관계는 어느 정도 예상 가능하고 기대 자체가 없기에 고통이나 충격이 덜할 수 있다.

문제는 잘 맞는다고 생각했던 사람과의 갈등이다. 잘 맞는다고 생각했던 사람들일수록 이해받지 못하는 고통이 크다. 이해받지 못한다고 느끼는 순간 우리는 상대가 나를 전과 다르게 대한다고 생각하고 사랑이 식었다고 느낀다. 대개 가까워질수록 서로를 더 잘 이해해야 하고, 더 잘 맞아야 한다고 생각하기 때문이다. 그런데 정말 가까워질수록 서로 잘 맞을까? 그렇지 않다. 아무리 가까운 사이라도 서로 비슷한 것보다 다른 게 더 많다. 세상의 그 누구도 나와 100퍼센트 일치하지 않는다. 일란성 쌍둥이라도 일치하기보다 불일치하는 것이 많은데 하물며 피 한 방울 섞이지 않은 남남이라면 오죽하겠는가. 하지만 불일치는 불협화음이나 단절의 원인이 아니다. 그것을 이해하고 좁혀가려는 마음이 있다면 말이다. 인간이 인간을 이해하기란 근본적으로 어려운 일임에도 인간은 다른 인간을 이해하려고 노력한다.

영주는 남편이 자신을 전혀 이해해주지 않는다고 느낀다. 그러나 처지를 바꿔 생각해보면 그녀 역시 남편을 이해하지 못한다. 남편도 나름대로 아내가 임신해서 출산할 때까지 성적 욕구를 참아

왔을 것이다. 그렇다면 영주는 자신의 정신적·신체적 상태를 무시하고 남편의 요구에 응해야 할까? 몸이 안 좋거나 하기 싫다면 응하지 않아도 된다. 그렇지만 남편의 욕구를 이해해보려고 노력할수는 있다. 두 사람의 성적 욕구에 차이가 있을 수 있기 때문이다. 그렇다면 '나는 지금 성적 욕구를 별로 느끼지 않지만, 남편은 그렇지 않구나'라고 인정할 수 있다. "나는 몸이 아직 회복되지 않고 피곤해서 관계하고 싶은 생각이 없어. 잠이 너무 부족해. 그런데 당신은 참는 게 많이 힘든가 보네"라고 남편을 이해해주었다면 억지로 잠자리를 갖지 않고도 원만하게 해결되었을지 모른다. 그것이 바로 이해의 힘이다.

하지만 이해하려는 노력 역시 어느 정도 컨디션이 되고 마음의 여유가 있어야 가능하다. 이런 면에서 보면 남편의 태도가 더욱 아쉽다. 무작정 요구하기보다는 아내의 상태에 대해 좀 더 관심을 기울이고 마음을 헤아려서 대화해봤더라면 좋았을 것이다. 또는 아내가 제대로 잠을 잘 수 있도록 배려하면서 자신이 원하는 것을 요구했더라면 결과는 많이 달랐을지도 모른다.

한 사람은 하나의 문화다

당신이 어떤 식당에서 식사를 하는데 옆 테이블 손님이 손으로 밥을 먹는다! 그 사람이 괴이하고 어딘가 이상하게 보일 수 있다. 그런데 그 식당이 한국이 아니라 네팔의 시골 마을에 있다면? 아주 자연스럽게 보일 것이다. 만약 당신이 여행을 갔는데 죽은 가족의 시신을 토막 내어서 들판에 던지는 사람을 보았다고 해보자. 당신은 엄청난 충격에 휩싸일 것이다. 그러나 여행지가 우리나라나 서양이 아니라 티베트의 시골 마을이었다면? 처음에는 좀 놀라더라도 왜 그렇게 장례를 치르는지 이해하려고 노력할 것이고, 그 의식이 조장鳥葬(송장을 들에 내다 놓아 새가 파먹게 하던 원시적인 장사 풍속)이라는 풍습임을 알게 될 것이다.

인간의 행동은 생각 이상으로 문화의 영향을 많이 받는다. 생각해보라. 당신이 다른 문화권에서 태어나 자랐다면 지금 어떤 생각을 하며 어떤 생활을 하고 있을까? 코란을 암송하고 있을 수도 있고, 친구를 만날 때마다 볼키스를 할 수도 있다. 다른 문화권을 예로 들 필요도 없이 시간만 거슬러 태어났어도 당신의 생각과 행동은 지금과 엄청 다를 것이다. 당신이 고작 100여 년 전에 태어났다면 출생 신분에 따른 차별은 당연하고 부모님이 주신 머리카락은 절대 잘라서는 안 된다고 여길 것이다. 이렇듯 유전적으로 똑같은 사람도 어떤 문화에서 살아왔느냐에 따라 정신 구조가 크게 달라진다. 우리는 대개 문화의 차이를 민족, 나라, 지역 등 아주 큰 단위로만 생각하고 가족이나 개인 간의 차이에는 크게 주목하지 않는다. 그러나 그 차이는 사뭇 크다. 어느 집은 부모가 자녀의 방에 노크 없이 들어가는 게 아주 자연스럽지만, 어떤 집은 반드시 노크를 하고 들어간다. 어떤 집에서는 성인이 된 자녀에게도 방 청소를 안 시키지만, 초등학생 때부터 자기 방을 청소하게 하는 집도 있다. 가족 간에 "사랑해"라는 말을 평생 동안 한 번도 안 하는 집이 있는가 하면, 그 말이 일상의 언어인 집도 있다.

상대의 말과 행동이 이해되지 않을 때 사람들은 '왜 그럴까?'라고 궁금해하지 않고 '어떻게 저럴 수가!'라며 어이없어하거나 화를 낸다. 그러나 상대가 다른 문화권의 외국인이었다면 어떨까? 문화가 다르니까 생각과 행동도 다를 수 있다고 생각할 것이다. 그러고는 맞다 틀리다 따지기보다는 왜 그렇게 생각하고 행동하는지 이해하려고 노력할 것이다. 이렇듯 자신의 문화를 절대적인 기준으로 삼아 우열을 판단하지 않고 다양성을 인정하려는 태도가 '문화상대주의'다. 이제 이것을 개인에게도 적용해야 할 때다. 개인화 시대에 한 사람은 곧 하나의 문화이기 때문이다. 가족 안에서 오랜 세월에 걸쳐 학습되고 축적되고 적응해온 방식들이 있다. 상대의 문화가 잘못되었다고 판단하기 전에 맥락적으로 이해할 필요가 있다. 개인 간에도 문화상대주의적 태도를 견지할 수 있다면 서로의 차이는 어떻게 느껴질까? 이때 '상대의 마음을 잘 모른다는 태도'가 중요하다. 마음 헤아리기는 상대의 마음을 잘 모른다고 생각하고 그 마음에 관심을 기울 때, 그리고 서로를 이해하는 데 걸리는 시간을 스스로에게 허락할 때 계속 작동될 수 있다.

3 최선의 기준
서로의 한계를 받아들이기

자기돌봄 워크숍에 참여한 정호는 지나간 일에 대해 후회를 많이 한다. 특히 잠자리에 누웠을 때 심하다. 낮 동안의 일을 떠올리고 '그때 이렇게 할걸!' '그때 이렇게 이야기해야 했는데!'라며 자책한다. 제대로 판단하고 행동하고 표현하지 못한 자신이 못마땅하다. '최선을 다해야 한다'는 기준이 엄격하기 때문이다. 더 문제가 되는 것은 그 기준을 자신뿐 아니라 가족들에게도 들이댄다는 것이다. 그러다 보니 가족들에게도 불만이 많다. 정호가 보기에 아내는 걸핏하면 힘들다고 불평하면서 아이를 돌보는 일이나 집안일을 제대로 하지 않는다. 책임감이 부족하기는 아이들도 마찬가지다. 과제도 하지 않고 학원에 가기 일쑤다. 그의 눈에 가족들은 대충대충 사는 걸로 보인다. 그래서 이 집에서 자기 혼자 애쓰고 사는 것 같아 억울하다.

늘 최선을 다해야 해

정호는 스스로 세운 기준 때문에 무언가를 하고 만족해본 적이 별로 없다. 자신에게 '이 정도면 괜찮아' '나름 잘했어'라고 말해본적도 없다. 가족들에게도 마찬가지다. 언제나 더 잘할 여지가 있는 것처럼 느껴지니 칭찬하지 않는다. 오히려 "좀 더 잘해보지 그랬어" "왜 그것밖에 못 했어!"라는 말이나 생각을 자주 한다. 정호는 그렇게 스스로를 채찍질한 덕분에 자기든 가족이든 여기까지올 수 있었다고 생각한다. 가족에게 야단을 쳐야만 그들이 긴장의끈을 놓지 않고 열심히 살 거라고 생각한다. 그런데 과연 '최선'이라는 게 무엇일까? 도대체 어느 정도를 하면 최선을 다했다고 생각할 수 있을까? 엄격한 기준 때문에 자신과 가족을 늘 못마땅한 시선으로 바라보던 그가 '최선의 기준'에 의문을 품게 된 계기가 있었다. 과학고 입시를 준비하던 중학생 아들이 불안 증상과 자살사고suicidal ideation(죽고 싶다는 생각부터 그에 따른 구체적인 계획 수립까지 포함한다)를 호소하며 정신건강의학과 치료를 받게 된 것이다. 처음에 정호는 정신력으로 이겨내야 한다며 다그쳤지만, 아들이등교를 거부하면서 아들의 상태가 심각함을 깨달았다.

우리를 가장 힘들게 하는 것은 누구일까? 당신이 일시적이 아니라 지속적으로 괴로움을 겪는다면 그 원인은 외부의 사건이나 현실보다는 당신이 붙잡고 있는 집착이나 강박에 있을 가능성이 크다. 예를 들면 번아웃이 오고 있는데도 '나는 늘 열심히 살아야 해'라는 마음이 강하거나, 자녀와의 갈등이 심각한데도 '너는 내 말을 들어야 해'라는 마음을 꽉 쥐고 있거나, 자신을 함부로 대하는 사람 앞에서 '나를 싫어하는 사람이 있으면 안 돼!'라는 마음을 놓지 못하고 오히려 상대에게 인정받으려고 애쓴다면 당신의 괴로움은 점점 커져만 갈 것이다.

그러나 우리는 자신이 괴로움을 붙잡고 있다는 사실을 알면서도 엄격한 기준을 내려놓지 못할 때가 많다. '너무 애쓰지 않아도 돼!' '아이들이 말을 안 들을 수도 있지' '나도 싫어하는 사람이 있는 것처럼 나를 싫어하는 사람이 있을 수 있어'라고 애써 생각해봐도 그때뿐이다. 왜 이렇게 마음의 힘을 빼기가 어려울까? 대표적인 이유를 꼽자면, 그 엄격한 기준과 태도 덕분에 살아남을 수 있었고 다른 사람의 인정을 받을 수 있었다는 것이다.

그런데 엄격한 기준을 한순간에 내려놓을 때가 있다. 바로 기준이나 강박보다 '더 중요'하거나 '더 원하는' 것이 있을 때다. 최선을 다해 애쓰는 것보다 내 몸과 마음의 건강을 돌보는 것이 더 중요해지고, 부모 말을 따르게 하는 것보다 자녀의 건강과 행복이 더 중요해지고, 모든 사람과 잘 지내기보다 진심을 표현하는 것이 더 중요하다고 느껴지는 순간 에너지의 흐름이 바뀌어 자신의 기준을 재고할 수 있다. 정호는 힘들어하는 아들을 지켜보면서 과연 무엇이 더 중요한지 갈등하고 있다.

우리는 모두 최선을 다한다, 자신의 한계 안에서

인간관계에서 최선은 무엇일까? 상대가 당신의 기대만큼 잘해주는 것일까? 아무 갈등 없이 서로 호흡이 잘 맞는 것일까? 그럴 수 있다면 좋겠지만, 현실에서 그런 일은 없다. 가까운 관계일수록 수많은 엇갈림이 일어난다. 따라서 관계에서 최선이란 서로를 이해하는 것이다. 나아가 혼자만 이해하는 게 아니라 나의 이해가 실제로 상대에게 전달되어야 한다. 정호는 아들을 이해한다고 생각했지만, 아들의 생각은 전혀 달랐다. 정호는 아들에게 좋은 학교에 가서 좋은 일을 하라고 설득한 적은 있지만 강요하지는 않았다고 생각한다. 또 그는 아들과 많은 이야기를 나누었다고 생각한다. 하지만 아들은 정작 힘든 일이 있을 때 가장 이야기하기 어려운 상대가 아버지라고 했다. 공부 스트레스 때문에 아버지에게 이야기를 꺼내면 돌아오는 대답은 언제나 거의 비슷했다.

"너만 힘든 게 아니야. 다 힘들어. 그 힘든 것을 잘 견딜 수 있느냐 없느냐가 중요한 거야.”

“힘들다고 힘들다고 하면 더 힘들어져. 잘할 수 있어. 최선을
다해봐.”

아들은 이제 그런 이야기가 듣기 싫다. 그렇다 보니 부자간의
대화는 정호의 독백 아니면 훈계로 끝난다. 아들이 등교를 거부할
때도 비슷한 이야기를 해주었다. 하지만 예전에는 잠자코 듣고만
있던 아이가 이번에는 절규하듯이 소리를 질렀다. “나는 지금 최
선을 다한 거라고요!” 정호는 충격을 받았다. 순간 아무 말도 할
수 없었던 정호는 시간이 지날수록 자신이 있는 그대로의 아들을
사랑한 게 아니라 지금 존재하지 않는, 자신이 바라는 아들을 사랑
했음을 깨달았다. 또한 아들이 자신의 상황에서 나름대로 최선을
다했음을 인정하지 않을 수 없었다.

그렇게 아들을 이해하는 과정에서 정호는 스스로를 다시 보기
시작했다. 그는 무슨 일을 하고 나면 늘 다르게 생각해보고 좀 더
잘해야 했다고 자신을 다그치는 사람이었다. 하지만 그런 관점은
과거를 결과론적으로 바라보는 것에 지나지 않았다. 이제 그때는
분명 그렇게밖에 할 수 없었던 이유와 한계가 있었을 것이라고 받
아들이기 시작했다. 워크숍에 참가하면서는 자신을 포함해 가족을
대하는 태도도 달라졌다. 자신을 기준으로 모든 것을 판단했던 자
기중심성에서 벗어나 ‘나와 가족 모두 자신이 처한 상황에서 최선

을 다하고 있어'라고 생각하게 된 것이다. 마침 그 무렵에 어느 책에서 본 프랑스 시인 장 루슬로Jean Rousselot의 시가 가슴 깊이 들어왔다.

더 빨리 흐르라고 강물의 등을 떠밀지 마라.
풀과 돌, 새와 바람, 그리고 대지 위의 모든 것처럼
강물은 나름대로 최선을 다하고 있다.

4 진정의 기술

동요한 마음을 가라앉히는 그라운딩

앞에서 이야기한 것처럼 감정적 동요가 심하고 각성이 조절되지 않으면 '마음 헤아리기'가 작동되지 않는다. 정서적으로나 신체적으로 힘든 상태라면 애착욕구가 활성화되어 충동적이고 자기중심적으로 되기 때문이다. 따라서 마음 헤아리기가 되려면 일단 자기를 안정시킬 수 있어야 한다. 여기에서 말하는 '안정'이란 아무런 감정적 동요가 없는 절대적 상태가 아니다. 동요가 있어도 조절하고 관찰할 수 있는 '적정 각성optimal arousal' 상태에 머무르는 것을 가리킨다. '적정 각성'이란 감정의 뇌와 이성의 뇌가 연결되어 있는 상태다. 그에 비해 과각성 또는 저각성 상태에서는 이성의 뇌와 감정의 뇌가 끊겨 있어 이성적으로 행동할 수가 없다.

이러한 적정 각성의 범위를 정신의학에서는 '인내의 창window

of tolerance'이라고 한다. 말하자면 스트레스 회복력이 높은 사람은 인내의 창이 넓고, 스트레스에 취약한 사람은 인내의 창이 좁다고 할 수 있다. 안타깝지만 아동기에 부정적 경험을 많이 한 이들은 과도한 스트레스 호르몬에 노출되어 자기조절의 신경계가 잘 발달하지 못한 채 성인이 된다. 이들은 인내의 창이 좁기 때문에 마음 헤아리기 능력이 떨어진다.

이렇게 보면 마음 헤아리기 역량을 발달시키는 것은 인내의 창을 확장시키는 것과 같다. 그럼 어떻게 인내의 창을 넓힐 수 있을까? 여러 방법이 있지만 가장 먼저 '신체적 접근'이 필요하다. 마음이 요동칠 때는 걷기와 운동처럼 몸을 활발히 움직이는 것만으로도 과도한 사고와 감정이 옅어진다. 밖으로 나가 움직이기 어려운 상태라면 '그라운딩grounding' 기법을 사용해 실내에서 자신을 안정화시킨다. 그라운딩은 환경과 몸의 접촉에 주의를 기울이고 안정된 자세를 취함으로써 '몸을 통한 지지감'을 얻는 방법이다. 몸의 중심이 잘 잡히고 안정되어 있다는 느낌은 마음으로 이어져 안정감을 준다.

마음이 불안정하고 과각성된 상태에서는 몸도 불안정해지기 때문에 몸과 주변 환경과의 접촉과 지지가 잘 이루어지지 않는다. 다리와 발이 무감각해지고, 골반이 상체를 지지하거나 하체가 상체를 지지하는 느낌이 약해진다. 발바닥이 땅을 단단히 딛지 못하고 양쪽이나 한쪽 발날로 서 있는 경우도 많다.

우리는 마음이 불안정할 때 마음을 안정시키려고 노력한다. 감정을 억누르려 하고, 좋은 생각을 하려고 애쓰기도 한다. 그러나 이런 방법들은 별로 효과가 없다 보니 스트레스에서 '빨리' 벗어나게 해주는 방법에 탐닉하곤 한다. 음식을 먹거나 동영상을 보거나 술을 마시는 것이다. 하지만 이런 방법은 부작용만 일으킬 뿐 근본적인 해결책이 아니다. 그보다는 몸을 통한 자기안정화가 훨씬 효과적이다. 그라운딩을 하는 방법은 다음과 같다. 서서 할 수도 있지만 여기에서는 앉아서 하는 방법을 소개한다.

1. 의자에 앉는다.
2. 양측 좌골(궁둥뼈)과 의자의 접촉에 주의를 기울인다. 딱딱한 좌골이 어디 있는지 느껴보고, 좌골 바닥면 전체가 의자에 닿는지 아니면 일부만 닿았는지, 그리고 좌골을 중심으로 전후좌우의 균형이 어떤지 등 신체감각을 알아차려본다.
3. 좀 더 안정된 자세를 위해 등받이에서 등을 떼고, 시선은 정면을 보고, 어깨에 힘을 빼고, 양 발바닥과 바닥의 접촉면에 주의를 기울인다.
4. 머리가 어깨 위에 중심을 잡고 있고, 척추는 유연한 커브를 그리며, 골반이 상체의 무게를 잘 지지하고, 발은 바닥에 잘 닿도록 자세를 잡는다. 이때 옆 모습을 큰 거울에 비추어보면 귀, 어깨, 고관절(엉덩관절)이 수직으로 잘 정렬된 모습일

것이다. 이렇게 몸이 수직으로 잘 정렬되고, 중심과 주변이 잘 연결되고, 몸과 바닥이 단단하게 접촉할수록 안정감이 느껴진다.

5. 잠시 호흡에 주의를 기울인다. 이 과정에서 흔히 주의가 다른 곳으로 흩어지기 쉽다. 그렇다면 흩어졌다는 것을 알아차리고 다시 주의를 발바닥과 바닥, 의자와 엉덩이의 접촉면에 기울인다.

6. 몸과 마음에 어떤 변화가 있는지 살펴본다. 몸이 더 이완되었는가, 아니면 더 동요되었는가? 심장박동이나 호흡이 더 안정되었는가, 더 활성화되었는가? 흥분이나 초조감이 가라앉았는가, 그대로인가? 정신적으로 더 산만한가, 아니면 좀 더 집중하게 되었는가?

7. 만약 아무 변화가 없거나 오히려 더 나빠졌다고 느낀다면 다음 활동을 추가해본다. 마치 아이가 보채거나 칭얼거릴 때 가슴을 토닥이면서 진정시키는 것처럼 심장 위 왼쪽 가슴에 오른손을 얹고 그 주변을 토닥인다. 그 부위를 토닥이는 것은 진정과 이완 작용을 하는 부교감신경을 자극하기 위해서다. 우리가 긴장과 흥분을 할 때는 교감신경이 활성화되고, 이완과 진정이 될 때는 부교감신경이 활성화된 상태다. 그러므로 자기조절을 잘하려면 부교감신경이 활성화되어야 한다. 부교감신경의 기능 중 대부분을 미주신경이 담당하고 있

으므로 '미주신경 긴장도'가 높은 사람일수록 자기조절을 잘할 수 있다. 미주신경의 긴장도를 높여 인내의 창을 넓히는 좋은 방법은 느린 호흡과 미주신경 마사지다. 미주신경이 많이 분포된 얼굴, 목, 심장 주변을 마사지해주는 것이다.

"정신건강의학과 의사는 스트레스를 받으면 어떻게 푸나요?"
내가 자주 듣는 질문이다. 힘들 때면 나는 주로 심장 주변을 토닥이면서 내 몸과 마음이 좀 더 안정되기를 바라는 마음을 담아 이렇게 이야기한다.

"내 몸이 편안하기를."
"내 몸이 안정되기를."
"내 몸이 바닥으로부터 잘 지지받기를."

많이 흥분한 상태라면 몸과 마음이 안정되기를 바라는 마음으로 천천히 "괜찮아, 괜찮아" "침착해, 침착해" "하나씩, 하나씩"이라고 말하며 가슴을 토닥인다. 이는 연습의 결과다. 힘들 때 이렇게 자신을 안정시킬 수 있으려면 평소에 연습해두어야 한다. 이 과정에서 자연스럽게 스스로 감정과 각성 상태를 조절할 수 있다는 주체성과 안정감을 얻는다. 단절되었던 감정의 뇌와 이성의 뇌가 다시 연결된다. 마음 헤아리기가 가능한 상태가 된 것이다.

5 판단하지 않는 마음
마음과 거리를 두는 혼잣말 연습

팀장이 세 명 있다. 하루는 출근했는데 사무실에서 팀원 둘이 웃으며 이야기를 하다가 팀장을 보자마자 슬그머니 각자 자리로 돌아간다. 순간 팀장의 마음에는 자동으로 어떤 생각이 떠오를 수 있다. A 팀장은 '무슨 이야기를 저렇게 재미있게 했을까? 그런데 왜 내가 오니까 끝을 내지?'라는 의문이 떠올랐다. B 팀장은 '내가 들으면 안 되는 이야기인가? 혹시 나에 대해 안 좋은 얘기라도 하고 있었나?'라는 의구심이 들었다. C 팀장은 '이것들이 슬그머니 자리를 피하는 것을 보니 내 흉을 보고 있었네'라는 생각에 팀원들이 괘씸했다.

이들 중 어느 팀장이 마음 헤아리기를 한 것인가? 세 명 모두 팀원이 자기를 보고 이야기를 중단한 행동에 주의를 기울였고 그들이 왜 그랬는지에 대한 어떤 생각 또는 판단을 했다. A는 그들이 어떤 이야기를 나눴는지 그리고 왜 멈췄는지 궁금해했고, B는 자신이 들으면 안 되는 이야기를 했을 것 같은 의심이 들었고, C는 더 나아가 자신에 대해 험담을 했다고 단정하고 말았다. 그렇다면 해석이 부정적이더라도 B와 C는 마음을 헤아린 것이 아닐까? 꼭 긍정적으로만 마음을 헤아려야 하나?

앞에서 우리는 마음 헤아리기와 마음읽기를 구별했다. 마음 헤아리기는 상대의 말과 행위의 바탕에 어떤 마음(생각, 감정, 욕구, 동기 등)이 있는지 관심을 기울여 맥락적으로 마음을 이해하는 것이다. 그에 비해 마음읽기는 상대의 마음을 자동으로 읽어내는 것이다. 마음 헤아리기에서 관심이란 넘겨짚는 것이 아니라 궁금함에 가깝다. 그렇기에 마음 헤아리기는 기본적으로 비판단적인 반면, 마음읽기는 판단적이다. 판단한 것은 마치 사실처럼 여겨지기 때문에 부정적인 판단일수록 강렬한 감정을 불러일으킨다.

따라서 A, B, C 팀장 중에 감정적 동요는 C가 가장 심하다. 특히 마음읽기는 심리적 융합으로 이어지기 쉽다. 마음에서 떠오르는 생각이나 판단을 바로 사실로 단정하면, 팀원들이 내 흉을 본 것 같은 느낌은 바로 '팀원들이 내 흉을 봤어'가 되어버린다. 이러한 단정적 판단에는 다른 시나리오가 끼어들 여지가 없다.

이렇게 융합된 상태에서는 비판적 사고, 거리두기와 같은 의식적 반응이 잘 이루어지지 않는다. '탈융합defusion'은 마음의 내용에 갇히는 것이 아니라 마음의 작동방식에 주의를 기울여 한걸음 물러나 마음을 보는 것이다. 그러려면 '주의에 대한 주의', 곧 '메타주의meta-attention'를 길러내야 한다. 다시 말해 마음 헤아리기가 잘 되려면 탈융합, 마음챙김 연습이 필요하다.

그렇다면 일상에서 어떻게 마음챙김 연습을 하면 좋을까? 한 가지 방법은 마음에 떠오르는 생각, 감정, 판단에 대해 '혼잣말하기self-talk'를 하는 것이다. 마음을 거울이라고 하고 마음에 떠오르는 생각, 감정, 감각, 판단을 거울에 비친 하나의 상이라고 한다면 '마음챙김을 위한 혼잣말하기'는 그 상을 바라보며 그 모습을 설명하는 것이다. 예를 들어 팀원들이 내 흉을 본 것 같은 생각이 들었다고 해보자. 그렇다면 그 느낌에 "~구나!"를 붙인다.

"팀원들이 내 흉을 봤다고 생각하는구나!"라고 한 번이 아니라 여러 번 이야기한다. 적으면서 말하면 더욱 좋다. "팀원들이 내 흉을 봤어"와 "팀원들이 내 흉을 봤다고 생각하는구나!"는 확실히 차이가 있다. 전자는 생각에 융합되어 있다면 후자는 생각에 거리를 두고 바라보는 것이다. 다시 말해 탈융합되어 있다. 이것이 바로 '마음챙김을 위한 혼잣말' 연습이다. 아동기에 부정적 경험이 많았던 사람만 하는 연습이 아니다. 우리 마음의 특성은 자꾸 자동으로 판단하고 그 판단에 융합하려고 하기 때문에 누구라도 마음읽기를 하지 않을 수 없다. 인간은 의지와 상관없이 자동으로 마음을 읽는다. 그러므로 마음읽기를 알아차리고 마음 헤아리기로 돌아오는 연습은 모두에게 필요하다.

마음 헤아리기 연습은 속단에 빠진 마음읽기를 알아차리고 마음 헤아리기 스위치를 켜는 것이다. 자동적인 판단에 끌려가지 않고 잘 모를 수 있음을 염두에 두고 알고 싶어하는 마음을 내는 것, 필요하다면 대화를 시도하는 것이다. 그에 비해 마음읽기는 굳이 대화할 필요가 없다. 내가 상대의 마음을 읽었는데 무슨 대화가 필요하겠는가! 내 판단에 맞는 추가 증거만 찾으면 될 뿐이다.

앞에서 말한 A, B, C 팀장이 사실은 한 사람일 수도 있다. A가 어느 날은 B와 C의 마음 상태가 될 수 있다. 그럴 때면 이를 알아차리고 마음챙김을 위한 혼잣말을 해보자. "팀원들이 나를 피하고 있다고 느끼는구나!" "팀원들이 내 흉을 보고 있다고 생각하는구나!" 그렇게 탈융합 훈련을 하면 판단하지 않는 마음이 커져서 마음 헤아리기 상태로 돌아올 수 있다. 이제 잘 모른다는 태도 또는 다른 가능성을 감안할 수 있는 상태가 되는 것이다.

'무슨 이야기를 저렇게 재미있게 했을까? 그런데 왜 내가 오니까 끝내지?'

이렇게 마음을 살피는 또 하나의 마음이 작동하면 단정적인 결론 대신에 다른 가능성을 떠올려보거나 상대의 관점에서 상황을 바라볼 수 있다. '나도 동료랑 이야기할 때 상사가 들어오면 괜히 불편해지잖아' '근무시간이 다 되었으니 일을 시작하러 갔을 수도 있잖아' 같은 생각이 떠오를 수 있다. 그리고 점심시간에 웃으면서 이렇게 물어볼 수도 있다.

"아침에 재미있게 이야기를 나누던데 뭐가 그렇게 재미있었어?"

이렇게 보면 메타인지, 마음챙김, 마음 헤아리기는 공통점이 있다. '마음이 마음을 관찰하는' 상태가 되는 것이다. 마치 유체이탈 상태에서 내가 나를 바라보는 것처럼 마음에서 또 하나의 마음이 빠져나와 마음을 바라본다. 이렇게 마음을 관찰하는 또 하나의 마음이 '메타의식'이며 그 핵심 기능은 '비판단적 관찰'이다. 피터 포나기는 마음 헤아리기를 '마음속에 또 하나의 마음을 갖는 것'이라고 표현했다.

"우리는 '마음속에 또 하나의 마음을 가지는 것having a mind in mind'을 우리 연구와 임상 활동의 목표로 삼았다."

6 조망수용의 힘

자신의 관점 억제하기

사람을 이해하려면 '역지사지易地思之'하라고 이야기한다. 처지를 바꿔서 생각해보라는 말이다. 맞지만 어려운 일이다. 아무리 상대의 처지에서 생각해보려고 해도 같은 상황을 겪어보지 않은 이상 짐작하기도 어려울 때가 많다. 평생 잠 잘 자는 사람이 불면증의 고통을 어디까지 이해하겠으며, 평생 배부르게 살아온 사람이 끼니를 걱정하는 사람의 마음을 얼마나 알겠는가! 그렇다면 같은 환경에 있다면 상대의 마음을 잘 이해할 수 있을까? 그럴 수도, 그렇지 않을 수도 있다. 각자 마음이 다르기 때문이다.

예를 들어 친구가 연인과 이별하고 몹시 괴로워한다고 해보자. 당신 또한 연인과 이별한 경험이 있어서 친구의 마음을 잘 이해한다고 생각할 수 있다. 그렇기에 친구의 얘기를 충분히 듣기도 전에

선부르게 위로와 조언을 건네기 쉽다. "나도 처음에는 절대 못 잊을 것 같았어. 그런데 또 금방 잊게 되더라고." "세상에 널린 게 여자(남자)야. 더 좋은 사람 만나면 돼!" 이런 말을 듣는 친구의 마음은 어떨까? 과연 당신의 이별과 친구의 이별이 같을까? 비슷한 경험을 한 것이 오히려 독으로 작용하는 경우가 많다. 더 잘 이해하기보다는 오히려 자기 관점을 가지고 제한적으로 바라보기 쉬워서다. 다시 말해 마음 헤아리기가 아니라 마음읽기에 빠지기 쉽다.

바로잡기 반사

고등동물은 어떤 상황에서도 몸을 바로 세우려는 '바로서기(직립) 반사righting reflex'를 보인다. 흔히 머리부터 제자리로 돌아오려는 성향이 있다. 예를 들어 쥐의 꼬리를 잡고 거꾸로 늘어뜨리면 발버둥을 치며 머리를 든다거나, 고양이가 높은 데서 떨어지더라도 머리를 돌려 기본자세로 착지하는 것이 대표적이다. 인간도 마찬가지다. 태어난 지 얼마 되지 않아 몸을 뒤집고 고개를 들어올린다. 좀 더 자라면 바로 선 자세로(직립하여) 걷기 시작한다.

커뮤니케이션 전문가 이언 레슬리Ian Leslie에 따르면 인간은 정신적인 측면에서도 '바로서기 반사' 성향이 있다. 이 성향은 주로 가까운 인간관계에서 나타난다. 자신과 별로 상관없는 사람들의 문제는 확실한 피해가 없다면 크게 신경 쓰지 않지만, 가까운 사람들의 문제나 잘못에는 즉각적으로 바로잡아주려는 반사적 행동을 보인다. 다시 말해 마음읽기가 신속하게 이루어지고 그에 따라 즉각적으로 개입하게 된다. "대체 왜 그렇게 생각해?" "왜 그렇게 느껴?" "어떻게 그렇게 행동해?" "그렇게 하면 안 돼. 이렇게 해야지!" 하면서 상대를 판단하고 가르치고 통제하려고 한다. 그런데 그 결과는 어떨까? 누가 당신의 문제나 잘못을 바로 지적하면 당신은 잘 받아들이는가? 인간관계에서 빚어지는 수많은 갈등의 밑바탕에 바로 이런 '바로잡기 반사'가 있다.

상담하다 보면 내담자들의 왜곡된 사고, 미성숙한 방어기제, 역기능적인 행동 등을 종종 마주한다. 이런 모습을 보면 상담가는 자신도 모르게 이를 지적하고 교정해주고픈 충동을 느낀다. 그래서 경험이 부족한 상담가는 내담자에게 자신의 문제를 솔직히 인정하라고 요구하거나 변하지 않으면 안 된다고 압박하기 쉽다. 이는 적절한 시기를 고려해서 이루어지는 의식적 직면이 아니라 반사적으로 일어나는 자동적 직면이라고 할 수 있다. 이런 경우 상담가의 선의와 무관하게 내담자가 자신을 더 방어하거나 치료를 중단하는 역효과가 나기 쉽다.

일상적인 관계는 더 말할 것도 없다. '이렇게 해라!' 또는 '이렇게 하지 마라!' 같은 말이 긍정적 영향을 끼치는 경우는 별로 없다. 특히 사전 공감 없이 곧바로 충고나 지시나 조언을 하면 반발심을 불러일으킨다. 충고나 조언은 먼저 심리적 연결을 형성한 다음에 해야 하므로, 마음 헤아리기를 하려면 상대의 문제를 바로 해결하려는 바로잡기 반사부터 자제하고 조절할 수 있어야 한다. 먼저 궁금함을 가지고 상대의 마음과 상황에 귀를 기울이고, 상대에게 자신을 이해하려고 한다는 느낌이 전달되어야 한다.

자신의 관점에서 벗어나기

마음 헤아리기의 반대는 무엇일까? 마음 헤아리지 않기, 다른 말로 하면 자기중심성이다. 최근 우리 사회에서 나르시시스트가 자주 언급되는 것은 그만큼 자기밖에 모르는 사람이 많아지고 있다는 의미다. 그런데 과연 나르시시스트들만의 문제일까? 인간은 기본적으로 태어나서 죽을 때까지 자기중심적이다. 그것을 인정하느냐의 여부와 정도의 차이가 있을 뿐이다. 우리는 모든 게 내가 기준이다. 내가 있는 곳을 중심으로 '북'과 '남'이 존재하고, '멀고'와 '가깝고'가 달라진다. 도로에서 운전할 때도 자신이 기준이 된다. 당신보다 빨리 달리는 사람은 조심성이 없고, 당신보다 느리게 달리는 사람은 답답한 사람이 되기 쉽다. 집단이나 국가도 마찬가지다. 우리는 늘 자기가 속한 집단이 중심이고 정상이다. 유랑생활을 하는 유목민들도 예외가 아니다. 어떤 유목민들은 거대한 기둥을 들고 다니면서 정착하는 곳마다 그 기둥을 세워 자신들이 있는 곳이 바로 세상의 중심임을 나타냈다고 한다.

자기중심성은 아이들일수록 심하다. 아이들은 자신이 세상의 중심이며 모든 것의 기준이고, 자신을 특별한 존재로 여긴다. 그러다 보니 자신과 상대의 마음이 다르다는 것을 아예 염두에 두지 못한다. 예를 들어 엄마를 기쁘게 할 선물을 고르라고 하면 자신이 가장 받고 싶은 것을 고른다. 자신이 받고 싶은 선물이 레고라면 엄마에게도 레고를 선물하는 것이다. 이기적이어서가 아니라 엄마가 자신이 좋아하는 것을 좋아하지 않을 수 있다는 것을 상상조차 하지 못하기 때문이다.

그렇다면 사회적으로 성숙한 인간의 핵심 특징은 무엇일까? 상대의 관점에서 바라보고 상대의 처지를 헤아릴 줄 아는 것이다. 심리학에서는 이를 가리켜 '조망수용perspective-taking'이라고 한다. 일인칭 관점에서 벗어나 다른 사람의 입장·감정·관점 등을 추론하여 이해하는 능력이다. 3세가 넘어가면서 사람은 조금씩 자기중심성에서 벗어난다. 이때부터 마음 헤아리기 능력은 공감 경험과 사회적 교류를 거치면서 점점 향상된다.

하버드대학교 심리학자 로버트 셀먼Robert Selman은 조망수용 능력을 5단계로 구분했는데, 8~10세를 '자기반영적self-reflective 조망수용' 단계로 보았다. 이 단계부터는 상대의 마음을 조금씩 헤아릴 수 있다고 한다. 풀어 말하면 자신과 타인이 관점의 차이가 있으며, 타인도 나의 관점을 이해할 수 있다는 것을 안다. 타인의 감정과 사고, 입장을 예측할 수 있으며 상대의 관점을 헤아리려고 시도한다. 물론 여전히 자신이 좋아하는 것을 상대도 좋아하기를 바라지만, 상대의 관점이 다를 수 있음을 알기에 상대가 원하는 것을 궁금해하고 물어볼 수 있다. "엄마는 뭘 갖고 싶어?" "엄마는 선물로 뭘 받으면 기뻐?"

성인 발달에 관한 여러 이론에서 개인적 차이와 다양성을 존중하는 태도는 높은 수준의 심리발달에 나타나는 중요한 특징이라고 본다. 그에 비해 정신적으로 미숙하다는 것은 '자신의 관점에만 빠져 있는 것'을 말한다. 그런 사람은 모든 것의 중심이 자신이다. 이들은 표현하지 않아도 상대가 자신의 마음을 잘 알 거라고 착각한다. 자신이 무엇을 주든 상대는 당연히 좋아할 거라고 여기고, 자신이 요청하면 상대는 수락할 것이라고 예상한다. 자신의 마음과 상대의 마음이 다르다는 것을 머리로는 알아도 실제 관계에서는 인지하지 못한다.

역지사지를 할 수 있으려면 자신의 관점과 상대의 관점을 분리해야 한다. 다시 말해 마음 헤아리기는 상대와 일치되는 것이 아니라 오히려 분리되는 것이다. 자신의 판단과 관점을 억제할 수 있어야 비로소 상대의 마음으로 들어가는 길이 열린다.

7 적극적 질문

상대가 도무지 이해되지 않는다면

외부 강연이 잡히면 대개 강의 당일까지 진행 과정에 관해 담당자와 몇 차례 이야기를 나눈다. 그런데 몇 해 전에 알게 된 한 담당자는 특별한 내용이 없이도 자꾸 전화를 걸어왔다. 준비가 잘 되어가는지 점검차 연락한다고 했다. 몇 번을 그러자 '내가 믿음이 가지 않나?'라는 의구심이 들고 '왜 이렇게 사람을 피곤하게 하지!' 싶은 마음도 들었다. 내게는 '필요 없는 전화 통화'였다. 한번은 통화 중에 짜증이 확 올라왔다. 그러나 그 순간 마음 헤아리기 스위치를 켰다. '이 담당자는 정말 무엇을 확인하고 싶은 걸까?' 그리고 궁금함을 담아 물어보았다. "혹시 염려되는 것이라도 있으세요?" 그러자 담당자는 "자꾸 전화를 드려 죄송합니다. 중간 점검차 전화했다고 말씀드렸는데, 사실은 강사님께 무슨 문제라도 생겨 강의가 제대로 진행되지 않을까 봐 걱정이 됩니다"라고 설명했다. 쓸데없는 걱정이라는 것도 알지만 확인하지 않으면 불안이 가시지 않는다고 했다. 이야기를 더 들어보니 불안과 강박 증상으로 정신건강의학과 치료를 받는 중이었다. 그제야 왜 그렇게 전화를 했는지 이해가 되었다.

천만 원은 왜요?

오래전 인터넷에서 흥미로운 기사를 본 적이 있다. 미국의 한 소도시에서 일어난 은행강도 사건이다. 권총을 든 은행강도가 창구 여직원에게 다가가 총을 겨누며 "천만 원 내놔!"라고 고함을 쳤다. 당신이 은행 직원이라면 어떻게 하겠는가? 천만 원을 주겠는가, 아니면 비상벨을 누르겠는가? 다른 선택으로는 무엇이 있을까? 이 직원은 의외의 반응을 보였다. 강도를 바라보며 이렇게 이야기를 건넨 것이다.

"천만 원은 왜요?"

강도가 좀 어리숙했을까? 직원이 묻는 말에 그만 자신의 딱한 사정을 이야기하고 만다. 그런데 이 질문은 뉘앙스가 중요하다. 어이가 없다거나 그러면 안 된다는 판단이 들어갔다면 총을 내려놓으라는 이야기와 다를 게 없을 것이다. 아마도 부드럽고 호기심 어린 표현이었기 때문에 강도도 자신의 사정을 털어놓지 않았을까. 강도는 집에 먹을 게 없고 집세는 밀려서 너무 힘들다고 했다. 그의 말을 귀 기울여 듣던 직원은 강도에게 우리 은행에서 도울 방법을 알아보겠다며 자리에 앉으라고 권유했다. 그러는 사이에 옆자리 직원이 경찰에 신고해서 이 강도는 붙잡혔다.

나는 이 기사를 보고 무엇보다 그 직원이 어떤 사람인지 궁금했다. '어떻게 생존을 위협받는 상황에서 이렇게 차분하게 대응할 수 있었을까?' 별로 겁이 없거나 순간적인 기지가 뛰어난 사람이었을까? 어쩌면 겁이 많은 사람일지 모른다는 생각도 들었다. 그 직원은 은행에 강도가 들이닥치는 불길한 상상을 하며 남들은 하지 않는 걱정을 자주 했을지도 모른다. 그리고 걱정만 하는 게 아니라 그 상황에서 어떻게 대응해야 할지도 함께 고민했을 것이다. 그렇다면 그녀가 강도에게 건넨 "천만 원은 왜요?"는 겁이 없어서 튀어나온 것도, 순간적인 기지의 발휘도 아닌 오랜 시간 준비해온 의식적 반응일 수 있다.

마음 헤아리기는 곧 의식적 반응이다. 상대의 마음을 짐작하는 것이 아니라 대화를 통해 이해하는 과정이다. 그렇기에 질문이 무엇보다 중요하다. 질문이 서로의 마음을 헤아리는 열쇠다. 질문하면 자신의 판단을 유보할 수 있고, 질문을 받는 사람도 자신의 마음을 헤아리게 된다. 호기심이 질문을 낳고 질문이 관찰을 촉발하는 것이다. 특히 갈등 상황에서 질문은 흥분을 가라앉히고 대화의 물꼬를 튼다. 그렇기에 마음 헤아리기에는 '적극적 질문'이 요구된다.

마음을 헤아리기 위한 적극적 질문에는 능동성, 호기심, 부드러움, 세 가지가 담겨야 한다. 의견이 다르고 상대가 이해되지 않을 때 대화를 끝내지 않고 먼저 호기심을 담아 부드럽게 질문하는 것이다. 적극적 질문은 자신과 상대의 마음 헤아리기 스위치를 켤 수 있다. 상대가 이해되지 않는다면 먼저 마음속으로 이런 질문을 자신에게 해보자.

'왜 저렇게 표현하고 행동할까?'
'진짜 하고 싶은 말은 무엇일까?'
'나에게 원하는 것은 무엇일까?'

그러고는 답을 지레짐작하지 말고 궁금증을 가지고 상대에게 물어보자. 물론 질문을 해도 상대가 잘 표현하지 못하거나 대답하지 않을 수도 있다. 하지만 그 과정에서 내 마음이 좀 더 진정될 수 있고, 다른 시나리오가 떠오를 수 있고, 내가 상대의 마음을 알고 싶다는 관심이 전달되어 갈등이 조금 누그러질 수도 있다. 인간관계는 어렵지만, 우리 마음에 마침표가 아니라 물음표가 많아진다면 관계는 점점 나아지게 마련이다.

차분하게 의견대립을 풀어가려면

가까운 누군가와 의견대립과 갈등을 차분히 풀어본 적이 있는가? 언제 누구와 있었던 일이 떠오르는가? 가만히 떠올려보면 그때의 대화에는 마음을 헤아리기 위한 적극적인 질문이 있었을 것이다. 나는 둘째 아이와의 일이 떠오른다. 둘째가 초등학교 4학년 때 일이다. 하루는 서재에서 책을 찾다가 우연히 포토북 하나를 발견했다. 둘째 아이가 어릴 때 찍은 사진이 담긴 앨범이었다. 소파에 앉아 옛 사진들을 보고 있자니 절로 웃음이 나왔다. 그런데 둘째가 어디선가 나타나더니 포토북을 휙 낚아채며 소리를 질렀다. "왜 허락도 없이 내 사진을 봐!" 둘째가 그렇게 화를 낸 적은 처음이었다. 평소라면 아이의 거친 행동에 몹시 화가 나 소리부터 질렀을 것이다. 그러나 그날은 궁금했다. '왜 이렇게 화를 낼까?' 나는 잠시 호흡을 고르고 왜 화가 났는지 알고 싶다는 궁금함을 담아 아이에게 말을 건넸다. "화가 많이 났네. 그런데 왜 그렇게 화가 났어?" 씩씩대던 아이는 이내 흥분을 가라앉히더니 왜 어릴 때 벌거벗은 사진이 있는 앨범을 보면서 웃느냐고 물었다. 둘째는 창피해서 화가 났던 것이다.

이야기를 하다 보니 아이는 감정이 누그러졌고, 이내 화를 내서 죄송하다고 사과했다. 우리는 그런 상황에서 어떻게 표현하면 좋았을지 함께 이야기를 나누었다. 그날 하루는 아이와 함께 감정 수업을 한 셈이다.

자칫 아이를 크게 혼낼 뻔한 상황을 침착하게 대화로 풀어갈 수 있었던 것은 적극적 질문의 힘이었다. "왜 그렇게 화가 났어?"라는 말에는 호기심과 부드러움이 담겨 있었다. 그리고 그 질문은 순간적인 기지로 던진 것이 아니라 오랜 시간 준비해온 의식적 반응이었다. 가족들에게 화가 날 때 바로 화를 내기보다는 왜 화가 났는지 물어보겠다고 생각하고 여러 번 연습했던 질문이었다. 우리에게는 이런 연습이 필요하다. 그 주된 이유 하나는 우리 사회가 아주 빠르게 변화하고 있기 때문이다. 우리 사회는 집단주의 사회에서 개인주의 사회로 급격히 옮겨가고 있다. 사회적 위계가 약해지고 각자 자기주장이 커진다. 그렇다 보니 관계와 조직 안에서 어느 때보다 많은 의견대립이 일어날 수밖에 없다. 문제는 사회는 급변하는데 의견대립과 갈등을 풀어가는 능력은 전혀 발달하지 않았다는 것이다. 그저 대립과 갈등은 안 좋은 것이니 아예 만들지 말자는 원론적인 이야기만 되풀이할 뿐이다. 하지만 '사이 좋게 지내자'라는 말은 공염불에 지나지 않으며, 속앓이나 수동공격성으로 이어지다가 어느 순간 폭발하고 만다. 우리에게 필요한 것은 대립과 갈등을 차분히 풀어가는 능력을 기르는 것이다.

가족부터 바뀌어야 한다. 시대가 바뀌었어도 부모는 아이들이 부모 말에 대해 토를 달지 말고 잘 따르기를 원한다. 순응을 부모에 대한 사랑과 존중으로 여긴 나머지 많은 부모가 '나는 동의하지 않아요'를 '나는 엄마(아빠)가 싫어요'로 받아들인다. 다른 생각이 큰 갈등으로 바뀌는 것이다. 과연 생각이 다른 게 그렇게 큰 문제일까? 오히려 정반대일 수도 있다. 1989년 조지아대학교의 에이브러햄 테서Abraham Tesser가 이끄는 사회심리학 연구팀은 11세에서 14세 청소년이 있는 가족들에게 TV 채널 선택이나 숙제하는 시간 등과 관련된 모든 의견대립을 기록하게 했다. 조사 결과, 부모와 의견대립이 많은 청소년이 더 행복하고, 사회적으로 잘 적응하며, 학교생활을 더 잘했다. 잘 이해가 가지 않는 사람을 위해 덧붙이자면, 전제조건이 하나 있다. 위와 같은 결과는 부모가 자녀와의 의견대립에 대해 열린 관점으로 대화로 풀어갈 때 가능했다. 커뮤니케이션 전문가 이언 레슬리는 이를 '차분한 대립'이라고 표현한다. 이는 '서로 의견이 다를 수 있음을 인정하고 관계 또는 집단 내에서 침착하게 대화로 풀어가는 것'을 말한다. 이때 바로 마음 헤아리기를 촉진하는 '적극적 질문'을 활용하는 것이 중요하다.

8 일상의 헤아림

오늘 뭐 했어?

경은은 결혼한 지 20년이 넘으면서 부쩍 이혼을 생각한다. 남편은 잘나가는 사업가다. 마음껏 쓸 수 있는 신용카드를 주고, 출장을 다녀올 때마다 비싼 선물을 사오고, 친정 식구들의 일자리와 용돈까지 잘 챙겨주는 등 얼핏 보기에 남 부러울 게 없다. 그러나 마음 한켠에 늘 채워지지 않는 허전함이 있다. 상담 중에 경은은 이 말을 한 번이라도 들었다면 이혼을 생각하지 않았을 거라고 했다.

"오늘 뭐 했어?"

호강에 겨운 이야기라고 생각할 수도 있다. 그러나 경은에게 그 말은 자신에 대한 '순수한 관심'을 뜻했다. 20년 넘게 함께 살면서 줄곧 남편은 자신이 뭘 하고 지내는지에 관심이 없다고 느꼈다. 그가 하는 말은 통틀어 몇 가지가 안 된다. "별일 없어?" "애들한테 문제 없어?" "뭐 필요한 거 없어?" 말만 놓고 보면 "별일 없어?"와 "오늘 뭐 했어?"는 그리 다르게 들리지 않을 수 있다. 그러나 경은이 듣고 싶은 "오늘 뭐 했어?"는 그냥 건성으로 하는 말이 아니라 오늘 어떻게 시간을 보냈는지 정말 알고 싶은 마음이 담겨 있는 말이다.

우리가 관계에서 정말 바라는 것은 무엇일까? 물질일까? 보호일까? 편안함일까? 아니면 인정이나 칭찬일까? 물론 그것도 맞다. 하지만 가장 원하는 것은 '관심'일지 모른다. 무언가를 얻기 위해서가 아니라 그저 나라는 존재에 대한 순수한 관심을 바라는 것이다. 그 관심의 최고 단계가 바로 사랑이다. 사랑은 '순수한 관심'이다. 사랑하면 어떤 의도가 있어서가 아니라 그냥 관심이 간다. 관심이 가면 알고 싶어진다. 내가 좋아하는 사람에게 그 순수한 관심을 받는 것이 바로 관계의 행복이다. 이는 돈, 칭찬, 시간, 선물 등으로 쉽게 대체되지 않는다.

사랑은 뜨거운 관심이다. 사랑하면 상대의 모든 것을 알고 싶다. 그러나 그 관심은 점점 식는다. 종일 상대를 생각했다가 어느 순간부터는 잠깐잠깐 생각한다. 잠시 상대라는 존재를 잊고 살 때도 있다. 이를 흔히 권태기라고 한다. 뜨거운 관심이 곧 사랑이라고 믿는 이들에게 권태기는 사랑의 끝을 의미한다. 그러나 사랑의 온도는 계속 변화한다. 미지근함은 차가움이 되어버릴 수도 있고, 뜨거움으로 돌아가지는 못해도 따뜻함이 될 수도 있다. 그렇다면 미지근해진 사랑이 어떻게 다시 따뜻한 사랑으로 변화할 수 있을까? 핵심은 '작은 관심'이다. 사랑은 기술이 아니라 관심이다. 서로에 대한 작은 관심이 꾸준히 오고 간다면 사랑의 온도는 다시 올라갈 수 있다.

지금까지 마음 헤아리기를 촉진하는 여러 요소를 살펴보았다. 그러나 마음 헤아리기는 기술의 문제이기 이전에 관심의 문제다. 똑같이 "오늘 뭐 했어?"라고 묻더라도 무심하게 말하는 것과 관심을 담아 묻는 것에는 아주 큰 차이가 있다. 상대가 진심으로 궁금해하는 느낌을 받으면 우리 마음은 열리게 되어 있다. 헤아림과 교류가 일어난다. 그러니 마음 헤아리기가 이루어지려면 관심이 있어야 한다. 그렇다고 아주 뜨겁거나 큰 관심을 말하는 것이 아니다. 온종일 상대를 생각하고 궁금하지 않아도 된다. 경은의 이야기처럼 하루의 일과가 끝나고 재회하는 잠깐 동안이라도 상대에게 온전한 관심을 기울이면 된다. 상대의 눈을 바라보며 오늘 어떻게 시간을 보냈고 지금 마음이 어떤지 궁금해하는 것이다.

"오늘 뭐 했어?"

그것이 바로 일상의 마음 헤아리기다.

9 자기돌봄의 언어

내 마음을 헤아리는 말들

"힘든 사람의 이야기를 매일 듣다 보면 너무 힘들지 않나요?"

정신건강의학과 의사를 하면서 많이 받은 질문이다. 힘들어하는 사람의 이야기를 듣는 것 자체가 힘든 일이라는 것을 사람들은 잘 안다. 인간은 의식적으로 노력하지 않아도 다른 사람이 겪는 고통의 일부분을 자신의 고통처럼 느낀다. 굳이 타인의 처지를 생각해주려고 애쓰지 않아도 그렇다. 거울신경세포로 말미암아 정서적 감염이 잘 일어나기 때문이다. 그러다 보니 보건의료 영역이나 상담 관련 일을 하거나, 다른 사람을 돌보거나 고객들에게 친절해야 하는 서비스 노동자들의 경우 '공감피로empathy fatigue'에 빠지기 쉽다. 공감피로는 번아웃과 흡사한데, 쉽게 말해 '정서적 번아웃emotional burnout'이라고 할 수 있다. 정서적 번아웃이 오면 분노, 무기력, 무관심, 우울, 대처능력 상실 등 다양한 증상이 나타난다.

마음 헤아리기 피로는 없다

공감피로는 꼭 돌봄 직업군에서만 볼 수 있는 현상이 아니다. 주변을 보면 공감피로에 잘 빠지는 사람이 있다. 이들은 다른 사람의 걱정이나 고민을 유난히 잘 들어주지만 정작 자신이 힘든 것은 이야기하지 못하고 혼자 끙끙 앓는다.

　이들의 문제는 대략 세 가지다. 첫째, 자신의 상태를 살피지 못하고 한계를 인정하지 않는다. 둘째, 상대의 책임과 자신의 책임을 구분하지 못한다. 셋째, 상대에게는 친절한데 자기 자신은 함부로 대한다. 이들은 자신을 희생하면서까지 상대에게 친절을 베풀거나 도우려 하고, 상대가 책임지거나 해결해야 할 일까지 대신해주려고 한다.

　왜 그럴까? 누군가를 돕는 것에서 자신의 가치감을 느끼기 때문이다. 이러한 과잉 친절은 상대의 문제를 해결하는 데 도움을 주기보다는 더 의존적으로 만들 수 있고, 결국에는 좋은 말도 듣지 못하는 경우가 많다. 따라서 이들의 공감은 역기능적이며 결국 공감피로에 빠지고 만다.

　공감이 기본적으로 타인 지향적이라면 마음 헤아리기는 자신과 타인을 모두 포함한다. 마음 헤아리기는 자기와 관계의 균형을 중시하므로, 이 능력이 발달한 이들은 다른 사람의 마음을 이해하는 만큼 자신의 마음도 이해하며 관계를 맺는다. 그렇기에 '마음 헤아리기 피로'라는 말은 존재하지 않는다. 마음 헤아리기가 발달한 사람들은 관계에서 번아웃이나 감정적 소진을 피할 수 있다. 나아가 상대가 고마움을 느낄 수 있도록 실질적인 도움을 줄 수 있고, 이를 토대로 관계 안에서 서로 성장할 수 있다.

자신의 마음 헤아리기

나는 '자기돌봄 클럽'을 운영하고 있다. 자기 자신과 불화를 겪는 이들이 너무 많기 때문이다. 이 클럽에서 가장 강조하는 것은 자기 친절에 기반을 둔 자기대화다. 자기대화는 다른 사람에게 듣고 싶은 위로, 지지, 공감, 격려 등을 자신에게 따뜻한 어조로 건네는 것이다. 클럽 참가자 중에는 유독 자신에게만큼은 엄격한 사람이 많다. 이들은 자신의 작은 실수나 부족함에 대해 비난을 많이 한다. 남들에게는 "괜찮아! 그럴 수 있어"라는 말을 수없이 해주지만 자신에게는 한 번도 해주지 못했다. 자신에게는 늘 "나는 그러면 안 돼!"라고 이야기한다. 마치 다른 집 자식들에게는 칭찬을 많이 해주지만 자기 아이들에게는 야단만 치는 부모 같다.

어떤 이들은 자기친절에 관해 이야기하면 바로 "괜찮아, 그럴 수 있어" "그러면 좀 어때!" 같은 말은 결국 자기합리화가 아니냐며 의구심을 표현한다. 오히려 삶이 더욱 무질서해지고 망가지는 결과를 가져올 것이라고 말이다. 그런 말을 늘 입에 달고 사는 사람이라면 그럴지도 모른다. 그러나 평생 동안 자신을 혹독하게 대한 사람에게 이런 말은 마음에 여유와 생기를 불러일으킨다.

자기돌봄 클럽에서는 평소 자신에게 자기친절에 기반을 둔 자기대화를 건네기를 권한다. 익숙해져야 힘들 때도 할 수 있다.

"내가 고통에서 벗어나 평안하기를."
"힘들 때 나에게 위로를 건넬 수 있기를."
"내가 나를 잘 돌볼 수 있기를."
"상대의 마음을 헤아리듯 내 마음도 헤아릴 수 있기를!"

처음부터 잘하기는 힘들다. 어색하고 불편하다는 사람, 자신에게는 안 맞다면서 자꾸 미루는 사람도 있다. 낯설기 때문이다. 내가 오랫동안 정신건강의학과 의사로 살아오면서 실감한 것 중 하나는 인간은 결코 좋은 것을 추구하지 않는다는 점이다. 인간은 익숙한 것을 추구한다. 그것이 설사 안 좋은 것이라도 오랜 시간에 걸쳐 익숙해지면 그것 자체가 정체성이 되고 편안함을 준다. 그러니 자기친절과 자신의 마음 헤아리기가 낯선 것은 당연하다.

변화에 실패하는 것은 이러한 저항을 예상하고 준비하지 못하기 때문이다. 변화를 아주 낭만적이고 순진하게 생각하는 사람이 많다. 좋은 것을 잘 받아들일 수 있다고 생각하고, 마음먹기에 달려 있다고 보고, 계속 전진할 수 있을 것이라고 기대한다. 하지만 모든 변화는 저항을 넘어서야 하고 과도기를 거쳐야 한다. 자신이 제자리걸음하거나 뒷걸음질 치더라도 이를 일시적인 과정으로 받아들이고 자신을 추스려 다시 나아가야 한다. 계획대로가 아니라 오늘 할 수 있는 만큼 하는 것이 중요하다. 오늘 내게 베푼 작은 자기돌봄이 하루를 바꾸고 그 하루가 모여 자기와의 관계를 바꾼다. 그 과도기를 넘어서면 자신과의 관계가 크게 달라진다.

"지금까지 살아오면서 한 번도 나의 마음을 다독여준 적이 없어요. 방법도 몰랐고요. 그러나 이제는 나 자신을 다독일 수 있게 됐습니다. 매일 아침 가슴을 토닥이며 이렇게 이야기합니다. '괜찮아, 넌 잘하고 있어. 힘내!' 삶의 활력을 느끼고 있습니다."

"타인에게 기대하는 것이 아닌, 내가 스스로 나를 돌볼 수 있다는 희망을 갖게 됐어요. '내게도 그런 힘이 있구나'라고 느끼게 되었어요. 살아오면서 충분히 사랑받지 못해 슬플 때가 많았는데, 이제는 '나에겐 내가 있어'라고 생각할 수 있어요."

자기불화가 심한 이들은 내면의 대화가 경직되고 지시적일 때가 많다. '너는 이렇게 해야 해!' '너는 이런 사람이어야 해!' 등 일방적 명령에 가깝다. 그러나 자기친절로 자기 헤아리기가 가능해지면 그런 명령에 끌려가지 않는다. 예를 들어 '넌 다른 사람들을 먼저 챙겨야 해'라는 경직된 내면의 언어가 있었다고 해보자. 자기친절이 자라나면 이런 의문이나 질문이 시작된다.

"왜 매번 나만 챙겨야 해?"
"그런데 지금은 내가 지쳐 있는걸."
"그때그때 다르게 행동할 수도 있잖아?"

무언가 뜻대로 되지 않거나 실수했을 때도 마찬가지다. 자기불화가 심할수록 자신에게 비난을 퍼붓지만 자기친절이 늘어나면 비난 대신 이해와 위로를 건넬 수 있다. 예를 들어 접시를 깨뜨리거나 약속을 깜박했다고 해보자. 자기친절이 시작되면 "이 멍청아! 정신 차려!"라는 비난 대신에 "괜찮아, 그럴 수 있어. 다음번에는 좀 더 조심하자!" 정도로 부드럽게 말할 수 있다. 더 큰 실수도 마찬가지다. 회사에서 프레젠테이션을 할 때 너무 긴장해서 할 말을 빠뜨렸다고 해보자. 예전에는 "넌 왜 그 모양이야!"라고 혼을 냈는데, 자기친절의 마음이 자라나면 "생각보다 꽤 긴장했구나! 그래도 그 정도면 괜찮았어"라고 토닥일 수 있다.

마음 헤아리기를 촉진하는 요소

1. 상대의 마음을 잘 모른다는 태도

마음 헤아리기 스위치를 켜려면 '나는 아직 상대의 마음을 잘 모른다'라는 전제가 필요하다. 특히 자동적인 마음읽기를 통해 상대의 마음을 단정적으로 판단했더라도 이 전제를 떠올릴 수 있으면 마음 헤아리기 스위치를 켤 수 있다.

2. 상대의 개별성 존중

상대와 가까워질수록 상대의 마음과 내 마음이 비슷하거나 같다고 생각하기 쉽다. 그렇다면 굳이 상대의 마음을 헤아릴 필요도 없어진다. 내 마음과 상대의 마음이 다르다고 생각할 때 우리는 상대의 마음을 헤아릴 수 있다. 상대는 나와 다른 마음을 가진 고유한 존재다.

3. 일상의 작은 관심

마음 헤아리기는 기술이 아니라 관심이다. 그렇다고 엄청난 관심이 필요한 것은 아니다. 일상에서 잠깐씩 상대의 마음에 작은 관심을 두고 이를 표현하는 것만으로도 충분하다.

4. 타인 수용

상대와 자신에게 높은 기대를 두고 있다면 자꾸 판단하고 요구하게 되므로 마음 헤아리기가 작동할 수 없다. 마음 헤아리기는 누구든 자신의 모습대로 살아가도록 허용할 수 있을 때 가장 잘 작동한다.

5. 자기안정화

몸과 마음이 힘들면 마음을 헤아릴 수 없다. 헤아림은 감정과 이성이 연결될 때 가능하다. 그러므로 마음을 헤아리려면 몸의 컨디션을 유지하고 마음을 안정시킬 수 있어야 한다.

6. 마음과 거리두기

마음읽기에서 벗어나 마음 헤아리기로 옮겨오려면 마음을 사실화하지 않고 마음에 거리를 두어야 한다. 거리두기를 위해서는 자신의 자동적인 판단이나 느낌에 '~구나'를 붙여 연습하면 도움이 된다.

7. 자신의 관점을 억제하고 상대의 관점에서 바라보기

우리는 흔히 자신의 경험을 바탕으로 상대의 경험을 이해하려고 한다. 그런데 비슷한 경험은 마음 헤아리기의 자원이 되기도 하지만, 자신의 경험에 갇히면 독이 될 수도 있다. 경험을 통해 습득한 관점을 억제할 수 있어야 비로소 상대의 마음으로 들어가는 길이 열린다.

8. 적극적 질문

마음 헤아리기는 대화를 통해 마음을 이해하는 과정이므로 적극적 질문이 무엇보다 중요하다. 단, 상대의 마음에 대해 궁금함을 담아 부드럽게 물어봐야만 상대의 마음이 열린다.

4장

관계의 언어

마음을 헤아리는 4단계 대화

1 새로운 관계의 틀

마음 헤아리기 대화란 무엇인가?

협상 이론가들은 제로섬 협상과 비제로섬 협상을 구분한다. '제로 섬zero-sum'은 말 그대로 합산이 영(0)이 되는 것을 말한다. 경쟁적 인 스포츠처럼 한쪽이 이기면 한쪽은 지게 되어 있거나, 도박처럼 어느 한쪽이 만 원을 벌면 다른 한쪽은 만 원을 손해 보는 것이 바 로 제로섬이다. 그에 비해 '비제로섬non zero-sum'은 승패나 총 가 치가 고정되어 있지 않다. 친목 모임에서는 승패를 떠나 스포츠를 모두 즐길 수 있고, 주식처럼 주가가 상승하면 모든 투자자가 돈을 벌 수 있다. 다시 말해 비제로섬 게임에서는 서로 윈윈할 수 있다. 그렇다면 인간관계는 어떨까? 한쪽이 손해를 보면 다른 한쪽은 그 만큼 이익을 볼까? 자신이 상대를 위해 더 많이 배려한다고 느끼 는 사람일수록 그렇게 생각하기 쉽다. 상담을 해보면 관계가 힘든 이들은 두 사람 모두 자기가 손해를 보고 있다고 느끼는 경우가 많다. 그에 비해 좋은 인간관계는 둘 다 그 관계 안에서 성장하고 발전한다고 느낀다. 비제로섬 게임, 윈윈게임이 일어나는 것이다.

'승패의 틀'에서 벗어나 '협력의 틀'로

관계에서 갈등이 풀리지 않고 파국으로 치닫는 이유는 관계의 갈등을 '제로섬' 게임으로 바라보기 때문이다. 그러면 자동으로 '승패의 틀'에 갇힐 수밖에 없다. 내가 손해를 봤다고 느낀다면 상대는 이득을 본 것이고, 내가 피해자라고 느껴지면 상대는 가해자가 된다. 내가 자꾸 진다는 느낌이 들면 상대는 이긴 것이 되어버린다. 그러나 인간관계에서 대다수의 갈등에는 일방적인 승자와 패자가 없을 때가 많다. 내가 손해 본 만큼 상대가 이득을 보는 구도가 아니다. 나도 피해자일 수 있지만, 상대 역시 피해자일 수 있다.

따라서 마음 헤아리기가 잘 작동하려면 관계를 제로섬이 아니라 비제로섬으로 바라보는 새로운 관점이 필요하다. 관계를 비제로섬 관점으로 본다면 갈등에 빠질 때 어떻게 이기느냐에 집중하기보다 어떻게 협력하느냐에 집중하게 된다. 관계를 비제로섬으로 바라보는 이들은 실제 갈등이나 다툼이 벌어지더라도 이런 생각이 작동한다. '지고 이기느냐가 아니라 서로 호흡을 맞추는 게 중요해.' '서로의 차이보다는 동의할 수 있는 것에 집중해보자!' 그러면 다투고 난 뒤에도 대화를 시도하거나 양보할 수 있다. 대화나 양보를 먼저 하는 것이 '승패의 틀'에서는 지는 것이지만 '협력의 틀'에서는 성숙함이기 때문이다. 상대가 대화를 요청하고 양보하면 '승패의 틀'에서는 자신이 이겼다고 생각하겠지만 '협력의 틀'에서는 고맙고 미안한 일이다. 우리가 '승패의 틀'에 갇혀 있으면 상대의 변화만을 촉구하게 된다. 하지만 '협력의 틀'에서는 상대를 위해 자신이 무엇을 할 수 있는지 생각하게 된다. 서로에게 이득이 되고 협력을 이루려면 '줄 것은 주고 받을 것은 받는 것'이 되어야 한다.

협력의 관계는 이분법에서 벗어나 발전적 관계를 지향한다. 그에 비해 심리적 미숙함의 특징은 '모든 것에 만족하거나 헤어지거나' '나를 좋아하거나 싫어하거나' '아주 잘하거나 아무것도 하지 않거나'와 같은 이분법이다. '전부냐 전무냐all or nothing'라는 이분법 관점은 인간관계를 무너뜨린다. 열 번 중에 여덟, 아홉 번을 잘해도 한 번 잘못하면 잘한 것, 좋은 것까지 모두 부정하고 만다. 여기서 우리는 49퍼센트보다는 51퍼센트가 좋은 것임을 놓치지 말아야 한다. 관계의 만족도는 결코 급상승할 수 없다. 관계란 꾸준히 서로를 이해하면서 호흡을 맞춰가는 과정이기 때문에 만족도는 점진적으로 늘어날 수밖에 없다. 우리가 원하는 것은 완벽한 관계가 아니라 발전적 관계다. 조금씩 만족도가 높아가고 있다면 훌륭한 관계인 것이다.

당신은 마음을 헤아리는 말을 가지고 있지 않다

관계를 협력과 발전으로 나아가게 하는 것이 바로 대화다. 인간이 말을 하게 된 것은 논쟁과 대결이 아니라 소통과 협력을 위해서였다. 그런데 우리가 하는 말은 과연 관계에 약이 되고 있을까, 아니면 독이 되고 있을까? 물론 우리는 말을 약으로 쓰고자 한다. 갈등이 생기면 대화로 풀고자 한다. 그러나 의도와 달리 갈등이 대화로 풀리기는커녕 대화를 나누면서 갈등이 심화되고 불필요한 상처를 주고받는 경우가 허다하다. 그러다가 종국에는 "우리는 대화가 안 통해!" "다시는 내가 너랑 말을 하나 봐라"라며 대화 무용론에 빠지고 만다.

그렇다면 두 사람은 갈등을 풀고 싶지 않고 상대에게 더 상처 주고 싶었을까? 감정이 격할 때라면 모를까 대부분은 그렇지 않다. 각자의 이야기를 들어보면 다들 서로 갈등을 풀고 관계가 회복되기를 바란다. 그렇다면 무엇이 문제인가? 이들은 자신의 마음을 표현하고 상대의 마음을 이해하는 대화를 할 수 없다. 자라면서 헤아림을 받아본 경험이 별로 없기 때문이다. 그렇다 보니 자신의 감정과 욕구에 주의를 기울이지 못했을뿐더러 이를 대화를 통해 표현할 기회는 더더욱 없었다. 자신의 마음을 몰라서이기도 하지만 설사 안다고 해도 표현하지 못하는 경우가 많다. 비유하자면 어려운 영어 단어는 많이 알면서 정작 외국인을 마주하면 짧은 대화조차 나누지 못하는 사람 같다. 정신건강의학과 의사나 심리학자들도 예외가 아니다. 잘 아는 것과 잘 표현하는 것은 다르기 때문이다. 자신이 아는 것을 사람들에게 말로 이해시키는 것은 별도의 능력이다. 그래서 우리는 대화법을 배워야 한다.

당신과 가장 친한 사람을 떠올려보라. 그 사람과 얼마나 많은 다툼이나 갈등을 겪었는가? 별로 그런 기억이 없다면 정말 친한 관계인지 다시 생각해볼 필요가 있다. 그렇게 친한 사이가 아닐 수도 있고, 어쩌면 한쪽의 일방적인 희생이나 양보로 유지되는 사이일 수도 있다. 서로 가까워지면 친밀함이라는 빛도 밝아지지만, 불편·갈등·다툼이라는 어둠도 짙어지는 것이 관계의 본질이다. 특히 한 공간에서 생활하는 사이에는 예기치 못한 불편함이 더 많이 생길 수 있다. 의도적으로 불편을 주려는 것이 아니라 각자 자기 방식으로 생활하는 것 자체가 불편을 일으킨다. 그러니 '말하지 않으면 귀신도 모른다'는 말을 되새기고, 불편하거나 서운한 점이 있으면 이야기를 나누어야 한다. 단 상대의 마음을 헤아리며 차분하고 정중하게 이야기할 수 있어야 한다. 건강한 관계의 핵심은 갈등을 풀어내는 능력이고, 그 능력의 핵심은 마음을 헤아리는 대화를 할 수 있느냐다.

관계에서 겪는 갈등은 하루아침에 커지지 않는다. 풀리지 않은 작은 갈등이 쌓이고 쌓여 큰 갈등이 된다. 갈등이 커질수록 풀기가 어렵다. 그러니 되도록 그때그때 풀어야 한다. 흔히 갈등의 씨앗은 상대가 내 기대에 미치지 못할 때 생긴다. 우리는 그럴 때 서운함을 느낀다. 별것 아닌 일도 마음을 표현하지 않으면 점점 커지는 특징이 있다. 양적으로만 커지는 게 아니라 질적으로 달라진다. 서운함이 실망이 되고, 실망이 분노가 되고, 분노가 미움이 되고, 미움이 증오가 되고, 증오가 경멸이 될 수도 있다. 이런 마음을 어떻게 잘 풀 수 있을까?

당신이 아픈데 가족들이 별로 신경을 써주지 않아 서운하다고 하자. 당신은 그 서운함을 차분히 말로 표현할 수 있는가? 말로 표현하는 것은 상대를 탓하거나 "왜 이렇게 무관심해!" "왜 이렇게 사람이 못됐어?"라며 짜증을 내는 것과는 다르다. 자신의 마음을 잘 표현하는 사람은 대화를 한다. 자신이 무엇을 느끼고 상대에게 무엇을 원하는지 그 감정과 욕구를 표현할 수 있는 것이다. 이를테면 "내가 아픈데 괜찮냐고 물어보지도 않아서 섭섭해"라고 이야기하는 것이다. 물론 상대가 그 말을 듣고 바로 "미안해! 많이 섭섭했구나. 앞으로는 물어볼게"라고 대답하지 않을 수 있다. 오히려 "꼭 말로 표현해야 해? 나는 아파도 잘 이야기하지 않잖아"라며 받아칠 수도 있다. 그렇다면 당신이 원하는 것을 이렇게 이야기할 수 있다.

"당신은 마음을 중요하게 여기지만 나는 마음과 표현을 다 중요하게 생각해. 나는 가까운 사람에게는 힘들면 힘들다고 이야기하고 싶고, 가까운 사람이 나에게 괜찮냐고 물어봐주면 좋겠어."

관계가 위기에 빠지는 것은 누군가의 일방적 잘못 때문이 아니다. 관계를 파국으로 몰아가는 공동의 적이 있다. 바로 '부정적 대화 방식'이다. 서로 좋은 관계는 의도나 욕구만으로 되는 것이 아니다. 이를 전달하는 마음 헤아리기 대화가 필요하다. 마음 헤아리기 대화가 없다면 자신의 감정과 욕구를 제대로 이야기하지 못하고, 분노나 비난으로 폭발하거나 침묵과 억압으로 회피하고 만다. 이 두 가지 부정적 대화방식은 겉으로 상반되어 보여도 결말은 엇비슷하다. 참고 참았다가 결국 폭발하면서 관계는 파국으로 치닫는다.

마음 헤아리기 대화의 구성

인간관계의 훈련은 결국 대화의 훈련이다. 우리가 나누는 대화는 말의 내용 못지않게 말의 숨은 의미나 감정 상태와 같은 맥락을 살피는 것이 중요하다. 사람마다 맥락의 수위가 다르기 때문이다. 흔히 표현하는 내용 외에 숨은 뜻이 거의 없는 것을 저맥락low context 대화라고 한다. 그와 반대로 표현과는 다른 내용을 담고 있거나 더 많은 뜻이 담긴 것을 고맥락high context 대화라고 한다. 저맥락 대화에서는 의도와 이유가 분명히 설명되지만 고맥락 대화에서는 '좋은 관계의 유지'를 중시해 속마음을 감춘다.

생각과 경험이 비슷하고 서로 동의하는 것이 많을수록 고맥락 대화를 해도 별문제가 되지 않는다. 정확히 말하지 않고 "좀 거시기하네"라고만 해도 알아듣는다. 하지만 생각과 경험이 다르다면 고맥락 대화는 많은 불통과 갈등을 야기한다. 이런 경우에는 '거시기하다'라고 두리뭉실 표현하지 말고 무엇 때문에 불편하고 무엇을 원하는지 구체적으로 이야기해야 한다. 그렇다고 저맥락 대화가 꼭 불통과 갈등을 예방하는 열쇠는 아니다. 상대의 말속은 파악하지도 않고 그저 말 그대로 받아들이거나 자신의 마음을 다듬지 않은 채 날것으로 표현하면 오히려 많은 불통과 갈등을 낳을 수 있다.

예전에는 관습을 따르거나 윗사람의 말을 따르는 경우가 많았다. 생각해보자. 불과 몇십 년 전만 하더라도 결혼을 하면 아이를 낳을지 말지, 아이 목욕을 누가 담당할지, 명절에 양가 방문을 어떻게 할지, 부부간의 돈 관리를 어떻게 할지 등을 의논할 필요가 별로 없었다. 대부분 관습과 문화를 따르거나 남자가 결정했다. 그러나 오늘날은 부부끼리 의논하고 조율해야 할 일이 많아졌다. 부부 사이에 위계가 사라지고, 살아온 환경이 다르기에 더 많은 대화가 필요하다. 아이들 또한 마찬가지다. 예전처럼 어른이 고함을 지르면 일사불란하게 움직이는 가정은 이제 찾아보기 힘들다.

세상은 다양성이 높아지고 위계가 없어지는 방향으로 변화하고 있다. 그 과정에서 개인의 목소리가 커지고 갈등이 늘어났다. 관계 갈등이 끊이지 않는 것은 개인만의 문제가 아니라 사회 변화와 맥을 같이한다. 이제 우리에게는 이 다양성 넘치는 사회를 살아갈 역량이 필요하다. 그저 저맥락 대화를 하느냐 고맥락 대화를 하느냐의 문제가 아니다. 핵심은 '상대의 맥락을 이해하고 서로의 마음을 헤아리고 욕구를 표현하는 마음 헤아리기 대화'다. 상대와 다른 내 의견을 솔직하지만 부드럽게 말하는 연습, 내 의견과 다른 상대의 의견을 귀 기울여 듣고 헤아려보는 연습이 필요하다. 그리고 마음 헤아리기 대화에서 핵심은 상대의 마음을 반영하는 데서 끝나는 것이 아니라 상대가 자신의 마음을 통해 자신과 다른 사람의 마음을 이해할 수 있도록 자극하는 데 있다. 그러므로 마음 헤아리기 대화에는 무엇보다 궁금함을 담은 질문이 포함되어야 한다. 우리는 '내 마음도 헤아리고 상대 마음도 헤아릴 줄 아는 상호 균형'이 중요한 시대를 살아가고 있다. 관계에 너무 치우치거나 자기 자신에게 몰두하는 불균형을 맞닥뜨리지 않으려면 '마음 헤아리기 대화'를 배워야 한다.

그렇다면 마음 헤아리기 대화는 어떻게 할까? 실제 대화가 이렇게 단계적으로 나뉘지는 않지만, 연습을 위해 다음과 같이 나누어 살펴보자.

마음 헤아리기 대화의 4단계

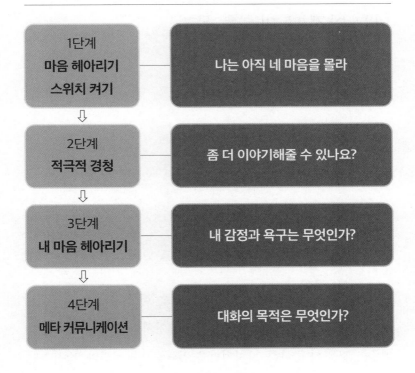

2 1단계: 마음 헤아리기 스위치 켜기

나는 아직 네 마음을 몰라

인간관계의 어려움 때문에 상담하러 오는 이들 중에는 자기중심 성에 갇혀 있는 경우가 많다. 상대가 자기처럼 생각하고, 자기가 해주는 것을 다 좋아하고, 자기만을 위해주기를 바란다. 말하자면 '상대의 마음이 내 마음 같았으면!' 하는 기대가 높다. 이런 사람 은 상대가 내 마음 같지 않을 때 실망하고 좌절하고 분노할 수밖에 없다. 심지어 '네가 어떻게 그럴 수 있어?'라고 배신감까지 느낄 수 있다. 그렇다고 이들이 모든 사람을 상대로 이런 마음을 품는 것은 아니다. 자신과 상관없는 사람이라면 전봇대로 이를 쑤신들 뭐가 문제겠는가! 친하지 않은 관계라면 관심도 기대도 없으니 말 이다. 문제는 관계가 친밀해질 때부터 생긴다.

모든 사람이 나와 비슷하다면

직장생활이나 단체생활을 하다 보면 인간관계가 얼마나 힘든가를 시시때때로 실감한다. 나와 너무 다른 사람이 많기 때문이다. 어떻게 저 상황에서 저렇게 생각하고 저렇게 행동하는지 도무지 이해되지 않을 때가 많다. 어떤 사람은 너무 예민해서 탈이고 어떤 사람은 너무 둔해서 탈이다. 그러니 호흡이 안 맞고 계속 삐걱거린다. 그런데 당신과 비슷한 사람만 모인 집단이 있다면 어떨까? 또는 성향이 아주 안정적인 사람들로만 팀을 만들면 어떨까? 예를 들어 회사에서 성인 애착유형 검사를 해서 안정애착 유형으로만 팀을 구성하는 것이다. 환상적인 호흡이 만들어지지 않을까?

몇몇 연구 결과를 보면 꼭 그렇지만도 않다. 이스라엘 심리학자인 사치 아인도르Tsachi Ein-Dor의 연구에 따르면 불안 유형들은 집단 내에서 주의 깊은 경계심으로 문제와 위험을 빨리 알아차리는 '보초병(조기경보 시스템)' 역할을 하고 회피 유형들은 신속하고 효율적으로 대응하는 '문제해결사(신속 대응자)' 역할을 한다. 그렇기에 오히려 애착유형이 다양하게 섞인 팀이 잠재적으로 더 좋은 성과를 낼 수도 있다. 단 '잠재적으로'라는 표현에 주목하자. 팀원들 사이에 어느 정도 신뢰와 안정감이 있을 때 각자 고유한 능력을 발휘할 수 있다는 얘기다. 이스라엘의 시리 라비Shiri Lavy 연구팀은 이를 입증해 보였다. 연구팀은 실험에 참가한 대학생 52팀에게 팀별 과제로 학술 프로젝트를 내주었다. 실험 결과, 성과가 가장 좋은 팀은 안정애착 유형으로만 이루어진 팀이 아니라 애착유형이 골고루 섞인 팀이었다. 다양한 애착유형이 섞이는 것이 집단에 더 도움이 된다는 것이다.

집단이 유지되고 제 기능을 하기 위해서는 서로 다른 다양한 사람이 필요하다. 만일 야구팀에 1번부터 9번까지 몸집이 큰 홈런타자만 있다고 해보자. 그 팀이 과연 야구를 잘할 수 있을까? 키가 2미터 넘는 거구들만 모인 농구팀이면 무조건 좋은 성적을 낼 수 있을까? 그렇지 않다. 최고의 집단은 서로 다른 다양한 사람들로 구성되어 있고, 그 안에서 조화와 협력이 이루어질 때 탄생한다. 그것이 바로 호모 사피엔스가 가지고 있는 특성이다. 다른 동물들은 사회적일수록 다양성을 잃어간다. 그러나 인간은 다양성을 유지하면서도 높은 사회성을 발달시킬 수 있는 유일한 종이다. 개별성과 사회성의 두 대립적 성향을 잘 조화시키며 팀워크를 만들어가는 것이야말로 가장 인간다운 특징이다.

나는 아직 네 마음을 몰라

한 지자체에서 인간관계를 주제로 강의한 적이 있다. 나는 인간관계에서 상대가 가려워하는 곳을 긁어주는 게 중요하다는 이야기를 했다. 이를 위해 지레짐작보다는 상대에게 어디가 가려운지 물어볼 것을 권했다. 강의가 끝나자 한 참석자가 나에게 딸과 나눈 카톡을 보여주었다. 강의 도중에 너무 자기 방식대로만 사랑을 베푼 것 같다고 느껴 딸에게 "너는 내가 어떻게 할 때 사랑받는다고 느껴?"라고 물어본 것이다. 그런데 질문을 받은 딸은 잘 모르겠다며, 엄마가 이렇게 해준다면 사랑받는 느낌일 거라고 덧붙였다. '엄마가 맛있는 것을 나에게 먼저 먹어보라고 한다면.' '동생이랑 다툴 때 엄마가 내 편이 되어준다면!' 그 참석자는 딸의 문자를 받고 크게 실망했다. 자신이 지금까지 딸을 위해 얼마나 희생해왔는데 사랑받는 느낌을 별로 받아본 적이 없다니! 그러고는 이렇게 물었다.

"20대 중반의 딸이 이렇게 답을 했다면 정신적으로 문제가 있거나 너무 미숙한 것 아닐까요? 나이가 몇인데 어린아이같이 자기편이 되어달라거나 먹을 것 타령이나 할까요?"

딸은 엄마에게 원하는 것을 이야기했다. 그런데 왜 엄마는 딸의 마음을 그대로 받아들이지 못할까? 스무 살이 넘은 딸은 왜 맛있는 것을 먼저 달라거나 자기편이 되어달라는 이야기를 할까? 그것을 왜 미숙하거나 이상한 태도라고 판단하는 것일까? 엄마는 딸이 왜 그렇게 대답했는지 전혀 궁금해하지 않았다. 바로 마음읽기가 작동했다. 딸의 답변을 미숙함으로 판단하고 융합되어버렸다. 그러니 궁금함이 끼어들 여지가 없었다.

상대의 마음을 헤아리려면 내가 상대의 마음을 잘 모른다는 전제가 있어야 한다. 그래야 상대방이 무엇을 원하는지 알려고 한다. 내가 상대방의 마음을 잘 안다고 생각할수록, 그리고 상대방의 마음이 이러해야 한다고 생각할수록 마음 헤아리기 스위치는 켜지지 않는다. 물론 앞에서 얘기한 엄마는 강의를 듣고 마음 헤아리기 스위치가 켜졌다. 딸이 언제 사랑받는다고 느끼는지 알고 싶은 마음이 생겨났다. 그래서 딸에게 물어본 것까지는 좋았다. 그러나 딸의 대답을 듣자마자 마음 헤아리기 스위치는 꺼져버렸다. 자신이 원하는 대답이 나오지 않았기 때문이다.

'자기중심적 대화'는 '마음 헤아리기 대화'의 반대다. 자기중심적 대화는 이인칭, 삼인칭 관점이 사라지고 자기 생각과 감정에 사로잡혀 있다. 따라서 자기중심성이 강한 사람들은 자기 판단과 기준을 과신하기 때문에 자기식대로 단정적으로 말하고, 인간관계에서 갈등을 유발하기 십상이다. '다른 사람을 존중하라'라거나 '자기중심성을 극복하라'라는 이야기에 동의하지 않는 사람은 없다. 그런데도 왜 우리의 관계는 나아지지 않을까? 본질적으로 자기중심적 존재인 우리가 소통을 제대로 하려면 어떻게 해야 할까? 타인의 개별성을 존중하는 데 가장 먼저 필요한 것은 자기중심성을 스스로 인정하는 것이다. 상대가 생각·관점·기호·능력·기준·경험치 등이 다른 존재임을 인정하고, 자기가 곧 기준이라는 인식에서 벗어나는 것이다.

이를 위해서는 아무리 가까운 사이라도 상대는 내 마음과 다른 마음을 가진 개별적 존재라는 사실을 잊지 말아야 한다. 그리고 상대의 마음을 잘 모른다는 태도를 갖고, 부지불식간에 마음읽기가 일어난다고 하더라도 마음 헤아리기 스위치를 켜야 한다. 스위치를 켜기 위해 우리는 스스로 이렇게 이야기해야 한다.

'나는 아직 네 마음을 몰라!'

마음 헤아리기를 잘하는 사람들은 자기중심성을 극복한 사람들이 아니라 자기중심성을 잘 인지하는 사람들이다. 그래서 상대가 내 마음 같지 않은 것에 덜 실망하고 잘 받아들일 수 있다.

3 2단계: 적극적 경청

좀 더 이야기해줄 수 있나요?

정신병원 입원실에서는 돌발적인 상황이 흔히 벌어진다. 특히 환자들 간의 폭력 사건이 많은데 종종 의료진을 향한 폭력도 벌어진다. 환자들이 현실 판단력과 충동 조절력이 떨어지는 데다가 자신의 의사와 무관하게 강제 입원하는 경우가 많기 때문이다. 자신이 가르치는 학생에게 폭력을 당한 교사가 다시 교단에 서기가 쉽지 않듯, 자신이 담당하는 환자에게 폭력을 당한 의사 역시 진료에 복귀하기가 쉽지 않다. 평생 트라우마로 남는 경우도 많으니, 폭력적 행동의 징후를 잘 파악하고 조심해야 한다. 그런데 문제는 그 징후를 파악하기가 쉽지 않다는 데 있다. 폭력적 행동은 느닷없이 일어나는 경우가 많다. 특히 망상이나 환각에 시달리는 환자들은 더욱 그렇다. 상담 중에 갑작스럽게 폭력을 행사하려고 할 때도 있다.

이를테면 갑자기 일어서서 의자를 집어든다고 해보자. 일촉즉발의 상황이다. 상담실에서 이런 상황을 맞닥뜨리면 다른 직원을 부를 경황조차 없다. 일단 어떻게든 환자를 진정시켜야 한다. 당신이라면 어떻게 흥분한 환자를 진정시킬 수가 있을까?

좀 더 이야기해줄 수 있나요?

"진정하세요" "흥분하지 마세요" "이성적으로 행동하세요" 같은 말이 과연 흥분을 진정시키는 데 도움이 될까? 이런 말은 오히려 역효과를 내는 경우가 많다. 특히 당사자가 흥분한 상태라면 더 말할 나위도 없다. 그렇다면 어떻게 해야 할까? 가장 좋은 것은 질문하는 것이다. 만약 뒤에서 누군가 당신의 이름을 부르면 당신은 자동으로 뒤를 돌아볼 것이다. 질문도 마찬가지다. 우리는 질문을 받으면 자동으로 답변을 하려고 한다. 이때 어떻게 대답할지 생각하면서 이성의 뇌와 감정의 뇌가 잠깐 연결될 수 있다. 감정조절의 틈이 마련되는 것이다. 그럼 "왜 화를 내세요?"라는 질문은 어떤가? 별 도움이 되지 않거나 자칫 상황을 악화시키기 쉽다. 궁금한 게 아니라 왜 상황에 맞지 않게 화를 내느냐는 판단이 깔려 있기 때문이다.

　"지금 화가 난 것 같은데요, 왜 화가 났는지 이야기해주실 수 있을까요?"라는 질문은 어떤가? 이 질문에는 상대를 판단하지 않고 그 마음을 궁금해하고, 상대에게 선택권을 주고, 상대를 대화 상대로 여긴다는 뉘앙스가 담겨 있다. 전자의 '왜'는 판단에 바탕을 둔 마음읽기의 '왜'이지만, 후자의 '왜'는 궁금함에 바탕을 둔 마음 헤아리기의 '왜'다. 마음 헤아리기의 '왜'는 상대를 진정시킬 뿐 아니라 자신도 속단하지 않고 상대의 이야기를 경청하고 이해할 여지를 준다. 다시 말해 상대는 물론 자신의 마음도 진정시킬 수 있는 질문이다.

여느 인간관계에서 일어나는 갈등도 다르지 않다. 갈등이 있을 때 최선의 노력은 상대가 왜 나와 관점과 주장이 다른지에 관심을 기울여 질문하는 것이다. 대표적인 질문으로 "(왜 그렇게 생각하는지 또는 왜 화가 났는지) 좀 더 이야기해줄 수 있나요?"라고 말을 건네면 좋다. 물론 말의 내용뿐 아니라 표정, 억양, 눈빛, 자세 등에도 관심이 담겨 있어야 한다. 상대는 당신이 자신의 마음에 관심을 기울이고 있음을 느낄 수 있고, 당신 역시 상대의 의도와 의견을 좀 더 들어볼 수 있다. 마음 헤아리기의 바탕은 '상대의 마음에 대한 관심'에 있다. 그리고 마음 헤아리기는 짐작으로 끝나는 게 아니라 "좀 더 이야기해줄 수 있나요?" "마음이 어떤가요?"라는 대화로 드러나야 한다. "좀 더 이야기해줄 수 있나요?"는 나와 너, 서로의 마음 헤아리기를 촉진하는 핵심 질문이다. 상대를 이해하는 출발점은 상대의 이야기를 잘 듣는 것이다. 혼자 많이 생각한다고 해서 상대를 이해할 수 있는 게 아니다. 오히려 오해에 빠지기가 더 쉽다. 상대의 이야기를 듣다 보면 상대가 무엇을 원하는지를 알아차리고 상대에게 가장 필요한 것을 해줄 수 있다. 우리에게는 〈달과 공주〉로 알려진 미국 작가 제임스 서버James Thurber의 단편 〈아주아주 많은 달Many Moons〉의 줄거리를 보자.

옛날 어느 왕국에 공주가 살았다. 공주는 큰 병에 걸려 시름시름 앓았다. 공주를 끔찍이 사랑했던 왕은 공주에게 원하는 것은 무엇이든지 해주겠다고 약속했다. 그런데 공주가 갖고 싶은 것은 하늘에 떠 있는 달이었다. 왕은 달을 구해주기 위해 마법사, 수학자, 현인 등 왕국의 유능하고 지혜로운 사람들을 불러모았다. 그러나 모두가 고개를 절레절레 흔들고 물러섰다. 달은 너무나 멀리 떨어져 있고 너무나 커서 딸 수 없다는 등의 논리적인 이야기로 공주를 설득해보려고 했지만 어린 공주는 그런 말들이 와닿지 않았다. 그저 달을 갖고 싶은 마음뿐이었다. 어떻게 해도 달을 가질 수 없다는 말에 공주는 병이 점점 깊어갔다.

이때 한 광대가 나타났다. 광대는 공주에게 달을 딸 수 없다는 설명 대신에 공주가 원하는 달이 무엇인지를 물었다. 공주의 마음이 알고 싶었던 것이다.

광대 공주님, 달은 어떻게 생겼나요?

공주 달은 동그랗게 생겼지.

광대 그러면 달은 얼마나 큰가요?

공주 바보, 그것도 몰라? 달은 내 손톱만 하지. 손톱으로 가려지잖아.

광대 그럼 달은 무슨 색인가요?

공주 황금빛이 나지.

다른 이들은 모두 공주를 설득하려고만 했지 정작 공주의 마음을 묻지 않았다. 그러나 광대는 대화를 통해 공주가 원하는 달이 무엇인지 이해할 수 있었다. 광대는 대장장이에게 부탁해 손톱만큼 작게 빛나는 황금색 달을 만들어 공주에게 선물했다. 공주는 뛸 듯이 기뻐했다. 그러나 왕은 이내 고민에 빠졌다. 밤이 되면 진짜 달이 하늘에 떠오를 텐데 공주가 자신의 달이 가짜라는 것을 알지 않겠는가. 그렇다고 왕궁을 덮어 밤하늘을 가릴 수도 없지 않은가! 왕은 혼자 지레짐작하고 좌불안석이 된다. 이에 광대는 이번에도 공주에게 묻는다.

광대 공주님, 공주님의 목에 달이 걸려 있는데 하늘에 또 달이 뜰 수 있을까요?

공주 그렇고말고. 궁중의 정원사가 정원에 있는 꽃을 잘라도 그 자리에 또 새 꽃이 피잖아. 달도 그래.

공주는 언제 아팠냐는 듯이 병이 깨끗하게 나았다.

이 이야기는 마음 헤아리기의 중요성을 말해준다. 관계에서 중요한 것은 자기중심적 노력이 아니다. 상대의 마음에 관심을 기울이고 상대의 이야기를 들어주는 것이다. 다시 말해 혼자 지레짐작하는 게 아니라 대화를 통해 상대의 마음을 이해하는 것이다.

심층적 침묵

상대의 마음을 헤아리려면 질문은 시작일 뿐, 잘 들어야 한다. 광대가 공주의 병을 낫게 한 것은 공주의 말을 잘 듣고 그 마음을 이해했기 때문이다. 그런데 잘 듣는 것이 생각보다 쉽지 않다. 주의를 기울여 듣기도 쉽지 않은데, 상대가 말하는 이야기의 맥락을 파악하고 거기에 담긴 감정과 욕구가 무엇인지 헤아리기까지 해야하니 말이다. 상담에서는 경청이 특히 중요하다. 자신의 이야기를 잘 들어준다고 느낄수록 내담자가 안전감을 느끼고 마음의 문을 열기 때문이다.

인간관계도 마찬가지다. 잘 듣는다면 대화는 소통과 협력으로 이어진다. 그러나 상대의 이야기를 잘 듣겠다는 생각과 달리 우리의 대화는 금세 논쟁으로 치닫기 쉽다. '옳으냐 그르냐' '이익이냐 손해냐'를 따지는 자아의 습성이 가만있지 않기 때문이다. 자아가 팽창할수록 우리는 듣고 싶은 말만 들을 뿐 경청하지 않는다. 겉으로는 듣는 것처럼 보일 수 있어도 속으로는 손익을 따지거나, 반격할 이야기를 준비하거나, 자신의 관심사에 빠져 상대의 이야기를 놓친다. 그러므로 잘 들으려면 '침묵'이 필요하다. 자아의 재잘거림이 멈춰야 상대의 이야기에 귀를 기울일 수 있기 때문이다. 그런 의미에서 침묵을 '표면적 침묵surface silence'과 '심층적 침묵deep silence' 두 가지로 나눌 수 있다. 표면적 침묵은 겉으로 말을 하지 않는 것이다. 말은 하지 않지만 속으로는 상대의 마음을 지레짐작으로 판단하거나 자신의 관심사에 빠져 있을 수도 있다. 자아의 재잘거림이 계속되는 표면적 침묵은 경청과 반대편에 있다. 마음의 문을 열지 않고, 상대와 대화를 회피하거나 상대를 공격하려고 준비하는 상태다. 표면적 침묵 상태에서는 상대의 이야기가 들어올 마음의 공간이 없다. 이때 대화와 침묵은 대립적 성격을 띤다.

그러나 심층적 침묵은 겉으로만이 아니라 안으로도 침묵을 유지하는 상태다. 끊임없이 지레짐작하고 쉽게 판단하고 손익을 따지는 자아가 조용해지는 것이다. 그렇다면 언제 자아의 재잘거림이 줄어들까? 상대의 마음을 알고 싶어하는 호기심과 관심이 일어날 때다. 이때 마음 헤아리기 스위치가 켜진다. 마음 헤아리기 스위치가 커지면 자아의 재잘거림이 줄어들고 상대의 이야기가 흘러들어올 마음의 공간이 생겨 그 이야기 안에 담긴 상대의 감정과 욕구를 살펴볼 수 있다. 심층적 침묵은 경청과 연결을 의미한다. 이때 대화와 침묵은 서로 나뉘지 않고 상호보완적이다. 침묵마저 은은한 대화가 되는 것이다. 이렇게 마음을 헤아릴 때 안과 밖의 모든 귀가 열린다. 그렇기에 '잘 듣고 있다'는 말의 영어 표현은 I'm all ears다.

심층적 침묵 상태여도 자아가 완전히 꺼지지는 않는다. 마음헤아리기를 유지하려고 해도 지레짐작을 하거나 자아의 재잘거림이 방해할 수 있다. 자아의 재잘거림은 끌 필요도 없고 끌 수도 없다. 중요한 것은 마음 헤아리기 스위치가 꺼졌다는 것을 알아차리면 다시 켜는 것이다. 그런 의미에서 마음 헤아리기는 '관계에서의 마음챙김 연습'이라고 할 수 있다. 우리는 지금 이 순간의 경험에 마음챙김을 하면서도 수도 없이 마음을 놓친다. 그러므로 마음챙김 연습은 마음을 놓치지 않는 것이 아니라 이를 알아차리고 다시 마음챙김으로 돌아오는 것이다.

심리학자 리자베스 로머Lizabeth Roemer는 마음챙김 연습을 이렇게 표현했다. "마음챙김은 당신의 마음에 대한 집중을 100번 잃고 101번 다시 돌아오는 것이다." 나는 이 표현을 인용해서 마음 헤아리기를 이렇게 표현하고 싶다. "마음 헤아리기는 사람의 마음에 대한 주의를 100번 잃고 101번 다시 돌아오는 것이다." 다시 돌아오면 된다. 역설적이지만 당신이 마음을 헤아리지 못하고 있음을 알아차리는 것은 역으로 마음 헤아리기가 잘 이루어지고 있다는 뜻이다.

4 3단계: 내 마음 헤아리기

내 감정과 욕구는 무엇인가?

계속 강조하듯이, 성인의 관계는 수평성과 상호성이 중요하다. 관계 안에서 우리는 상대의 마음뿐 아니라 자신의 마음에 관심을 기울이고 헤아려야 한다. 그렇다면 내 마음 헤아리기란 무엇을 어떻게 하는 것일까? 가장 기본이 되는 것은 나의 감정, 욕구, 상태를 살펴보고 파악하는 것이다. 여기에서는 특히 감정에 대한 마음 헤아리기를 집중해서 알아보자. 자신의 감정을 헤아리면 자연스럽게 자신의 감정이 조절되며, 이는 관계 안에서 마음 헤아리기를 촉진한다.

첫째, 감정 헤아리기

내 마음 헤아리기의 핵심은 나의 감정을 헤아리는 것이다. 감정은 나의 신체적·정신적·사회적 욕구가 무엇인지, 지금 내가 무엇을 해야 하는지를 알려주는 가장 중요한 신호이기 때문이다. 그렇다면 감정은 어떻게 헤아릴 수 있을까? 자신의 감정에 호기심을 갖고, 자신이 어떤 감정을 왜 느끼며 그것이 무엇을 의미하는지를 살피고, 이를 적절하게 표현하는 것이다. 실제로 이렇게 간단히 나뉠 수 있는 것은 아니지만 이해를 돕기 위해 피터 포나기 공저《정서 조절, 정신화 그리고 자기의 발달Affect Regulation, Mentalization, and the Development of Self》을 참조하여 4단계로 구분해보고자 한다. 여기에 감정 헤아리기를 촉진하기 위한 내면 지시어를 덧붙였다.

1단계 '감정의 허락'

이 단계에서 중요한 것은 모든 감정을 우리 자신의 가치와 욕구를 알려주는 신호로 받아들이고 '감정을 허락하는allowing emotions' 것이다. 문을 열어 감정을 맞이하면 감정은 지나가지만, 문을 열어주지 않으면 계속 문을 두드리고 소란을 피운다. 감정을 허락한다는 것은 감정에 자신의 안방을 내어주는 것이 아니라 사랑방에 머물다 가도록 허락하는 것이다. 감정이 찾아오면 호기심을 갖고 맞이해보자. 찾아온 이유가 있을 테니까. 감정의 허락을 촉진하기 위해 이런 내면 지시어를 사용해보는 것도 좋다.

> **1단계 내면 지시어** '내가 이렇게 느끼는 데는 그럴 만한 이유가 있어.'

2단계 '감정의 인식'

감정을 허락했다면 이제 감정을 파악해야 한다. 감정에 따른 신체생리학적 변화를 느끼고 이를 토대로 '감정을 식별identifying emotions'하여 '세부적인 감정 단어'로 명명해본다. 이를 위해 인터넷에 많이 보급된 감정 단어 목록을 참조하여 어떤 감정에 해당하는지 세부적으로 살펴보자. 우리가 느끼는 감정은 복합적이기에 감정 단어를 여러 개 골라도 된다. 감정 단어들 가운데 무엇이 일차적 감정이고 무엇이 그에 따른 이차적 감정인지 구분해본다. 이러한 감정 인식을 촉진하기 위해 다음과 같은 내면 지시어를 사용해보는 것도 좋다.

> **2단계 내면 지시어** '지금 내가 느끼는 감정(들)은 무엇인가?'

3단계 '감정의 이해'

이제 개인적 역사라는 맥락에서 '감정을 이해하고understanding emotions' 감정에 담긴 욕구와 가치를 파악한다. 만약 상황과 자극에 비해 감정적 반응이 더 강렬하다면 현재의 감정뿐 아니라 과거의 해결되지 못한 감정이 섞여 있다는 것을 의미한다. 해결되지 못한 과거 감정이 무엇인지를 살펴보는 것 또한 감정 이해에 포함된다. 이를 촉진하기 위해 다음과 같은 내면 지시어를 사용해보자.

   3단계 내면 지시어 '나는 왜 이런 감정을 느끼는가?' '이 감정에 담긴 욕구와 가치는 무엇인가?'

4단계 '감정의 표현'

마지막 단계는 '밖으로 또는 안으로' '감정을 표현하는expressing emotions' 것이다. 예를 들어 "네가 ~해서 나는 서운했어"라고 감정을 표현하는 것에서 더 나아가 "나는 네가 이렇게 해준다면 좋겠어"라고 감정과 연관된 욕구를 표현한다. 언제나 반드시 감정과 욕구를 표현해야 하는 것은 아니다. 여러 이유로 표현하기 여의치 못할 때가 있고, 표현하지 않고 넘어가는 것이 더 나을 때도 있다. 이런 경우에는 속으로 혼잣말을 해보거나 글로 표현해봐도 좋다. 다음과 같은 내면 지시어를 사용해본다.

   4단계 내면 지시어 '내 감정과 욕구를 어떻게 표현할까?'

   예를 들어보자. 당신이 아파서 회사에 병가를 냈다. 동생에게 이 소식을 전해 들은 엄마가 당신에게 전화해서 다짜고짜 야단부터 친다. "너 내가 병원부터 가라고 했어, 안 했어? 왜 말을 안 듣고 병을 키워!" 아플 때 이런 말을 들으면 순간 화가 솟구칠지도 모른다. 평상시라면 야단을 듣더라도 자식을 걱정해서 하는 말이려니 생각할 수 있을 텐데, 몸도 마음도 힘들면 마음 헤아리기가 작동되지 않는다. 만약 당신도 화가 나서 "어떻게 아픈 사람한테 그래? 내 엄마 맞아?" 하고 소리 지르며 전화를 끊고 말았다면 이 상황에서 내 감정을 어떻게 헤아릴 수 있을까?

우선 당신이 화가 많이 났다는 것을 인정하고, 그럴 만한 이유가 있다고 허락한다. 실제 마음속으로 '내가 화가 난 것은 그럴 만한 이유가 있어'라고 이야기한다. 1단계 감정의 허락이다. 이어서 자신이 느끼는 이 감정을 어떻게 분류하고 표현할지 찾아본다. 물론 화가 난 것이지만 또 다른 감정들도 찾아본다. 위로받고 싶었는데 야단부터 들으니까 '서러움'이 북받쳐올랐다는 것을 알 수 있다. 돌아보면 엄마에게 서러웠던 적이 많다. 지금 느끼는 감정에는 이번 사건뿐 아니라 과거에 해소되지 못한 서러운 감정까지 포함되었다고 생각해볼 수 있다. 그러니 더 힘들 수밖에 없다. 2단계 감정의 인식이다.

이제 이 감정의 의미를 생각해본다. 아무리 엄마에게 기대하지 않으려 해도 여전히 마음속에 위로받고 싶은 욕구가 크다는 것을 인식할 수 있다. '아직도 엄마가 나를 따뜻하게 대해주기를 바라는구나!'라고 알아차린다. 3단계 감정의 이해다. 이제 마지막으로 감정을 표현해보자. 이는 감정의 표현일 수도 있고 감정 뒤에 있는 욕구의 표현일 수도 있다. 감정보다는 욕구의 표현에 집중한다고 해보자. 그렇다면 속상한 마음을 진정하고 엄마에게 다시 전화를 걸어 이렇게 이야기한다. "엄마! 나 부탁이 있어. 내가 아프거나 힘들다고 하면 속상하더라도 그냥 '얼마나 힘들어?' '어디가 어떻게 아프니?'라고 물어봐주면 좋겠어." 이것이 4단계 감정의 표현이다.

그렇게 감정을 헤아리는 경험을 해보면 그것이 왜 중요한지를 깨닫게 된다. 자신의 감정을 그럴 만한 이유가 있다고 맞이해주고 왜 그런 감정이 들었는지 이해하려는 태도를 보이면 감정은 당신 편이 되어준다. 감정을 헤아리다 보면 우리는 자신의 힘든 감정에 대해서도 '괜찮아, 그럴 수 있어'라고 위로를 보낼 수 있고, 자신이 무엇을 원하는지, 어떻게 행동하는 것이 필요한지 이해할 수 있다.

둘째, 욕구 헤아리기

자신의 마음을 헤아릴 때 또 중요한 것이 욕구다. 자신이 무엇을 원하는지를 알아야 자기와 상대의 균형을 유지할 수 있다. 욕구를 헤아리기 위해서는 감정을 잘 알아야 한다. 욕구가 충족되면 좋은 감정이 느껴지고 욕구가 좌절되면 안 좋은 감정이 느껴지기 때문이다. 그렇기에 우리는 감정의 변동 속에서 자신의 욕구가 무엇인지를 파악해야 한다. 감정을 표현하기 전에 감정 뒤에 감추어진 일차적 욕구를 파악하는 것이 핵심이다. 이 부분은 앞서 감정 헤아리기에 포함해 설명했으니 다음으로 넘어가자.

셋째, 상태 헤아리기

내 마음을 헤아릴 때는 단순히 마음만이 아니라 자신의 상황, 체력, 시간, 한계 등을 함께 살펴봐야 한다. 예를 들어 상사가 자기 일이 많다며 갑작스럽게 도움을 요청한다고 해보자. 이럴 때 덮어놓고 "예" 또는 "아니요"라고 즉각적으로 대답하지 말고 먼저 자신의 현재 일과 상태가 어떤지 살펴봐야 한다. 만약 상사가 부탁하는 일이 세 시간 정도 소요되는데 지금 당신이 급하게 처리해야 할 일이 있다면 "오늘 오후 4시까지 급히 처리해야 할 일만 끝내고 4시부터 6시까지는 도와드릴 수 있습니다"라고 이야기할 수 있어야 한다. 친구의 고민을 들어주느라 통화가 길어지는데 아이가 배고파하거나 할 일이 있어 마음이 불편해진다면 스스로 이를 알아차려야 한다. 그러고는 더 통화하기가 곤란한 상황이라고 먼저 양해를 구하고 나중에 전화하겠다고 말할 수 있어야 한다.

5 4단계: 메타 커뮤니케이션

대화의 목적은 무엇인가?

기차역에 가야 하는데 늦잠을 잤다. 시간이 빠듯해서 택시를 탄다. 기차 시간까지는 딱 30분이 남았다. 택시 기사에게 묻는다. "기사님! ○○역까지 얼마나 걸릴까요?" 30분 정도 걸릴 것 같다고 한다. 기차를 놓칠까 봐 조마조마하다. 지도 앱을 켜서 시간을 확인하고 작은 소리로 중얼거린다. "늦으면 안 되는데……." 기사는 당신의 말을 들었는지 못 들었는지 아무런 반응이 없이 운전만 한다. 10분이나 지났을까? 기사에게 다시 물어본다.

"기사님! 지금은 역까지 얼마나 걸릴 것 같나요?"

"20분 정도요." 기사는 건성으로 대답한다. 뻔한 대답에 마음이 더 급해진다. '누가 그걸 몰라서 묻나? 늦을 것 같으니까 좀 더 빨리 달려달라는 건데……. 이렇게 사람 말을 못 알아들을 수가 있나?' 당신은 마음이 상해 더 진정되지 않는다.

이해하는 것만큼 이해시키는 것이 중요하다

그렇다면 당신은 무엇을 기대했을까? 택시 기사에게 이런 대답을
바랐을지 모른다.

"손님! 기차 시간이 몇 시인가요?"

"조금 더 빨리 달릴까요?"

"늦을까 봐 걱정되시죠. 최대한 달려보겠습니다."

질문에만 간단히 대답하는 것이 아니라 질문에 내포된 당신의
마음을 읽고, 질문 속의 '감정과 의도'를 알아차려 표현해주기를
바랐을 것이다. 그래서 그렇게 걱정스러운 표정을 짓고 지도 앱을
자주 보고 혼잣말을 하고 안절부절못하는 등 비언어적인 표현으
로 전달하지 않았나! 그런데 기사가 이렇게 내 마음을 못 읽을 줄
이야.

인간관계에서는 이런 일이 흔하다. 특히 가까운 사이일수록 상
대가 나의 속마음을 이해하고 그에 맞춰 표현해주고 행동하기를
바란다. 그러나 아쉽게도 현실은 바람과 다르다. 그렇다면 어떻게
하는 것이 인간관계의 지혜인가? 사람에 따라 달리 말할 수 있어
야 한다. 마음 헤아리기를 잘하는 사람이라면 개떡같이 이야기해

도 찰떡같이 알아듣는 경우가 많다. 그러나 개떡같이 이야기하면 개떡같이 알아듣는 사람에게는 찰떡같이 이야기를 해야 한다. 답답하더라도 스스로 자신의 마음을 헤아리고 그 의도와 욕구를 표현하는 것이다. 그렇다면 당신이 기차 시간에 늦을 것 같아 택시를 탔다면 이렇게 얘기해보는 게 어떨까?

"기사님! 기차 시간이 30분밖에 남지 않았는데 조금 빨리 가주실 수 있을까요?"

언어는 소통하기 위해 존재한다. 당신이 몇만 년 전의 호모 사피엔스라고 상상해보자. 사냥을 하러 어디로 갈까? 사냥감이 두 개 보인다면 어떤 사냥감을 쫓을까? 언제 사냥을 멈추고 집으로 돌아갈까? 사냥해서 잡은 것은 어떤 기준으로 배분할까? 언어가 없다면 우왕좌왕할 것이다. 서로 "여기로 가자" "아냐, 저기로 가자" 하며 자기 이야기만 하고 각자 "내가 더 많이 가져갈래"라고 하면서 다툼이 끊이지 않을 것이다. 다행히도 인간은 말로 설명해서 타인을 이해시킬 수 있었기에 고차원의 협력을 이뤄낼 수 있었다. 특히 설득력 있게 이야기하는 사람일수록 영향력이 컸을 것이다. '이유를 잘 설명하는 능력'은 인간의 협력을 이끄는 핵심 능력이다. 그러므로 대화는 말하는 사람의 마음도 잘 담아내야 하지만 듣는 사람에게 잘 전달되어야 한다. 상대의 말을 이해하는 것 못지않게 상대가 이해할 수 있도록 말하는 것이 중요하다. 그렇게 하기 위해서는 자신의 의도와 표현을 일치시켜야 하고, 자신의 욕구와 함께 그것을 왜 원하는지 이야기할 수 있어야 한다.

마음 헤아리기 대화는 두 영역으로 이루어진다. 상대의 말을 이해하는 대화, 그리고 내 마음을 헤아리고 상대를 이해시키는 대화다. 상대의 말을 이해하는 대화에서 중요한 것이 심층적 침묵이라면 상대를 이해시키는 대화에서는 자신의 마음을 헤아리고 설명하는 것이 중요하다. 자신이 원하는 것을 잘 표현하고 그 이유를 설득력 있게 설명하는 것이 특히 중요하다. 상대가 당신의 이야기를 듣지 않는다고 해보자. 그렇다면 "왜 내 말을 안 들어?" "내 말에 토 달지 마!" "제발 내가 이야기하면 좀 들어!"라고 이야기하는 것이 아니라 "당신이 내 말을 '그렇구나!'라고 받아준다면 당신이 나를 소중하게 대한다고 느낄 것 같아"라고 이야기하는 것이 마음 헤아리기 대화다.

메타 커뮤니케이션

대화로 갈등을 풀려고 감정을 이야기하고 원하는 것을 표현했는데도 대화가 풀리지 않을 때가 많다. 상대가 받아주기는커녕 듣는 둥 마는 둥 하거나 왜 이렇게 요구하는 게 많냐며 화를 내기도 한다. 그러다 보면 서로를 이해하고 갈등을 푼다는 애초의 목적은 온

데간데없이 사라지고 서로를 비난하고 공격하는 다툼으로 이어지거나 고구마 수십 개는 먹은 듯한 답답함에 그냥 입을 닫고는 대화무용론에 빠진다. 하지만 대화 자체가 소용없다는 것은 결론이 되지 못한다. 좀 더 상대의 마음을 헤아리고 상대를 이해시키는 대화를 하려면 자신이 어떻게 의사소통을 하는지를 잘 살펴보고 알아차려야 한다. 자신의 목적지가 어디인지 알고 그 방향으로 대화를 하는 능력을 길러야 한다.

우리의 의사소통은 늘 불완전하다. 똑같은 언어를 쓴다 해도 말이 마음을 담아내지 못하고, 같은 말을 해도 서로 다른 의미를 지니고, 말의 의미를 해석하는 방식이 서로 달라서 벌어지는 일이다. 게다가 직접 전해지는 메시지와 간접적으로 전해지는 비언어적인 메시지가 불일치한다. 그러므로 대화를 잘하려면 자신이 어떻게 의사소통하는지를 알아야 한다. 의사소통을 연구하는 폴 바츨라비크Paul Watzlawick는 '메타 커뮤니케이션'이라는 개념을 사용한다. 메타 커뮤니케이션이란 '의사소통 속에서 어떤 메시지가 오고 가는지 한 발짝 뒤로 물러나 관찰하고 대화의 의도와 목적을 떠올리며 대화하는 것'이다. 상대방이 말하는 표면적인 내용뿐 아니라 행간에 숨은 의미나 암묵적인 내용을 살펴보고, 자신도 의도에 맞게 언어적·비언어적 표현을 하는지 살펴보는 것이다. 메타 커뮤니케이션이 잘되는 이들은 자신의 의도와 목적에 맞게 표현할 수 있다. 그에 비해 메타 커뮤니케이션이 잘되지 않는 이들은 대화의 의도와 목적을 놓치고 말의 표면적인 내용이나 감정에 휩쓸리기 쉽다. 마음 헤아리기 대화에는 대화 중에 맥락과 의도를 살피고 대화의 목적을 떠올리는 '메타 커뮤니케이션' 능력이 필요하다.

운전할 때는 보통 목적지가 있다. 대화를 하는 데도 목적이 있다. 대화를 잘하는 것은 운전을 잘하는 것과 같다. 마음 헤아리기 대화는 목적지를 놓치지 않고 대화하는 것이고, 그 최종 목적지는 '이해와 연결'이다. 대화에 실패하는 이유는 도중에 대화의 목적을 잊기 때문이다. 대화는 물과 같아서 잘 흘러가다가도 뭔가 가로막히는 부분이 있으면 어느 틈에 다른 곳으로 흘러가버린다. 특히 상대가 자신의 의도와 다르게 반응하는 순간 방향을 상실한다. 그럴 때 우리는 흔히 상대가 엉뚱하게 반응해서 엉뚱한 곳으로 가게 되었다며 상대 탓을 한다. 하지만 목적지를 향해 가는 것은 엄연히 나의 몫이다.

내가 대화에서 원하는 것은 무엇인가?

어떻게 해야 대화의 목적지로 잘 갈 수 있을까? 자녀가 기말고사가 얼마 남지 않았는데 공부에 전념하지 않는다고 해보자. 당신은 자녀가 왜 공부에 집중하지 못하는지 알고 싶고 최선을 다하도록 격려하고 싶어서 대화를 시도한다. 그러나 당신이 그런 의도를 가졌다고 해서 자녀가 호의적으로 반응하리란 보장은 없다. 오히려 신경 쓰지 말라는 식으로 반응하기 쉽다. 그런 반응을 마주하면 당신은 순식간에 대화의 목적을 놓쳐버리고 즉각 방어나 공격 모드로 바뀌어 지금까지의 잘못을 지적하고 비난을 쏟아부으며 "그딴식으로 할 거면 학원이고 뭐고 다 때려치워!"라고 소리칠지도 모른다. 배우자와의 대화도 마찬가지다. 이해와 공감을 바라고 대화를 시도했는데 원하는 반응이 나오지 않는다면 손쉽게 "어쩌면 그렇게 사람 말귀를 못 알아들어!"라며 상대를 비난할 수 있다. 물론 알아듣도록 여러 번 이야기했는데도 바뀌지 않으면 화가 많이 날 것이다. 하지만 공격적으로 말하는 것이 꼭 화가 나서만은 아니다. 어떤 이들은 중요하니까 또는 강하게 말하면 상대가 바뀔 것이라는 생각에 의도적으로 세게 말한다.

그런데 과연 강하게 이야기하면 상대가 바뀔까? 듣는 사람은 있는 그대로 받아들일 뿐 그 말의 숨은 의도를 알려고 하지 않는다. 강하게 이야기하는 만큼 중요하다고 느끼는 것이 아니라 그저 비난과 공격으로 받아들이는 것이다. 화자가 정말 상대를 비난하거나 나쁜 사람으로 낙인찍으려고 의도했다면 모르지만, 표현과 정반대의 의도가 있다면 어떨까? 대화할 때는 의도와 표현을 일치시켜야 한다는 점을 명심해야 한다. 더불어 사실관계나 잘잘못을 따지는 샛길로 빠지는 것을 경계해야 한다.

대화가 다른 길로 빠진 것을 알아차리면 애초의 경로로 돌아와야 한다. 자기도 모르게 시시비비를 가리고 있거나 대화가 어긋날 때는 이렇게 질문해보자. '내가 이 대화를 통해 얻고자 하는 것은 무엇인가?' 자녀와의 대화였다면 자녀를 비난하는 것이 아니라 자녀를 격려하려던 의도를 다시 붙드는 것이다. 그래야 "나는 네가 공부하는 데 어떤 어려움이 있는지 알고 싶어서 그래" "네가 남은 시간 동안 좀 더 최선을 다하면 좋겠어"라고 목적을 향해 이야기를 풀어갈 수 있다. 배우자의 공감을 얻고자 했다면 배우자를 비난하는 것이 아니라 이해를 끌어내야 한다. 대화의 목적을 떠올리는 중요한 이유는 감정적 동요와 흥분을 가라앉히고 다시 원하는 방향으로 대화를 이끌어갈 수 있기 때문이다. 대화를 잘하는 사람은 대화의 목적을 놓치지 않고, 의도와 표현의 불일치를 최소화한다. 당신이 상대와의 대화에서 원하는 것은 무엇인가?

6 갈등 해결 연습

우리 관계가 어쩌다 이렇게 됐을까

마음 헤아리기 워크숍에 참여하고 있는 연희는 주말에 남편과 술을 한잔하며 대화를 나누다가 기분이 상했다. 최근에 뭔가 풀리지 않는 갈등이 있어 남편에게 무슨 불만이 있는지를 물었다. 진솔한 대화를 시작한 것은 좋았다. 그런데 남편이 계속 자신의 말투를 지적했다. 남편의 표현대로라면 자신은 남편에게 잔소리밖에 하는 게 없는 아내였다. 물론 잔소리를 할 때도 있다. 그런데 '늘' '항상' '언제나'라는 표현에서 비난받는 느낌이 들어 화가 치밀었다. 예전 같았다면 바로 맞받아쳤겠지만 언제까지 똑같은 대화 패턴을 반복하고 싶지 않았다. 게다가 마음 헤아리기 워크숍에서 배운 것을 직접 적용해보고 싶은 마음이 생겼다. 일단 흥분된 마음을 가라앉혀야 했다. 연희는 심호흡을 하며 자신의 감정이 몸의 어디에서 느껴지는지부터 찾아보았다. 얼굴에 열감이 느껴지고 눈에 힘이 들어가고 심장이 빨리 뛰는 느낌이 들었다. 연희는 이렇게 속으로 혼잣말을 했다.

'남편이 나를 비난하는 것 같아 화가 났구나. 괜찮아. 그럼, 화가 날 수 있지.'

나는 당신과 좋은 관계를 원해

그렇게 감정을 알아차리니 조금 진정이 되었다. 이어 '남편이 나를 비난했다'는 마음읽기에서 벗어나 '나는 남편의 마음을 잘 모른다'고 속으로 이야기했다. 마음 헤아리기 스위치를 켠 것이다. 그러자 남편이 왜 이렇게 이야기하는지 궁금해졌다.

'이 사람은 왜 나에게 이렇게 불만이 많을까? 나는 소통하기 위해 이야기하는데 왜 잔소리로 받아들일까? 우리는 왜 서로의 노력을 인정해주지 못할까? 뭐가 어긋나서 이렇게 답답할까?' 이런 질문들이 떠올랐다. 그 궁금함을 담아 남편에게 물었다.

"조금만 더 구체적으로 말해줄 수 있어? 나의 어떤 말과 행동이 당신의 마음을 상하게 했는지 자세히 듣고 싶어."

남편은 최근에 아내의 말투와 표정이 어땠는지 이야기했다. 아내를 위해 요리하고 집안 정리를 했는데, 자신의 선의는 무시한 채 마음에 들지 않는 부분부터 지적했다고 했다. 못한 것에만 초점을 맞춰 이야기하니 혼나는 것 같고 괜한 일을 한 것 같아 기운이 빠졌다고 했다. 그제야 남편의 마음이 조금은 이해가 되었다. 연희는 남편이 원하는 것이 무엇인지를 좀 더 듣고 싶었다.

"그렇다면 그 상황에서 내가 어떻게 말했다면 당신 마음이 괜찮았을까? 내가 어떻게 이야기를 했다면 당신이 인정받는 느낌이 들었을까?"

남편은 머뭇거렸다. 어떻게 표현해주면 좋을지 생각해보지 않은 데다 그런 말을 직접 하려니 쑥스러웠다. 남편은 잠시 생각하더니 이렇게 대답했다.

"당신이 나의 선의를 먼저 인정해주면 좋겠어. 마음에 들지 않거나 부족한 부분은 나중에 말하고."

연희는 남편에게 미안한 마음이 들었다. 남편은 가정적인 사람이고, 부탁을 하지 않아도 알아서 집안일을 했다. 특히 연희가 암 판정을 받은 뒤로는 자신을 더 잘 챙겨줬다. 연희는 아픈 이후로 남편의 배려를 당연하게 생각했고 부족한 면이 눈에 띄면 민감하게 반응했음을 인정할 수밖에 없었다. 연희는 이어서 자신의 마음도 헤아려보았다. 남편에게 미안한 마음이 있는데, 여전히 섭섭한 마음도 있었다. 연희는 사실 어릴 때부터 무뚝뚝하다거나 차갑다는 말을 곧잘 들었다. 남편을 좀 더 다정하고 따뜻하게 대해주고 싶은데 생각처럼 되지 않는다. 그래서 그런 어려움을 여러 번 솔직히 이야기하고 양해를 구하지 않았던가! 어쩔 수 없다고 생각하지 않았다. 어색하지만 애교도 부려보고 내 인생에 당신이 함께해줘 고맙다고 말한 적도 있다. 자신도 남편의 노력을 인정하는 데 서툴지만 남편도 자신의 노력을 잘 인정해주는 것은 아니었다. 연희가 원하는 것 또한 남편과 다르지 않았다.

"그래. 당신 이야기를 들으니 내가 당신의 배려를 너무 당연하게만 생각했네. 미안해. 말투도 여전히 딱딱해서 미안해. 신경을 쓴다고는 하지만 내 마음처럼 잘 안 돼서 속상하기도 해. 그렇지만 조금씩 노력하고 있으니 당신도 조금 시간을 두고 기다려주면 좋겠어. 당신도 나도 서로의 선의를 좀 더 인정해주면 좋겠어."

그날 대화는 무척 인상적이었다. 초반에는 음이 잘 섞이지 않고 튕겨나갔지만, 시간이 갈수록 호흡이 잘 맞는 합주 같았다. 자칫 끊어지거나 어긋나려던 두 마음이 대화로 다시 접점을 찾고 상대의 마음을 헤아리면서 서로를 이해한 기분이 들었다.

동의하지는 못해도 이해할 수는 있다

이해理解와 동의同意는 다르다. 이해는 '타인의 마음을 헤아려 받아주는 것'이다. 그에 비해 동의는 '뜻이 같거나 상대의 행동을 받아들이는 것'을 말한다. 물론 서로 동의하는 게 많으면 가장 좋겠지만 동의하지 않더라도 이해할 수 있으면 된다. 다시 연희 부부에게로 가보자. 연희는 가까운 곳은 걸어다닌다. 운동도 할 겸 환경오염을 줄일 수 있기 때문이다. 그러나 남편은 습관적으로 가까운 거리도 차를 탄다. 예전에는 차를 타고 가자는 남편의 말에 이렇게 반응하곤 했다.

"가까운데 뭐 하러 차를 가져가? 걸으면 운동도 되고 환경도 보호하고 좋잖아!"

이제는 조금 다르게 이야기한다. "나는 걸어가는 게 좋은데, 당신은 차 타고 가고 싶구나!"라고 상대의 마음을 좀 더 받아준다. 차를 타고 가는 데 동의하지는 않더라도 상대의 마음과 입장을 좀 더 이해하고 받아주려고 한다. 이해는 서로의 불일치를 좁히는 실마리다. 흔히 상대와 의견이 다르면 동의는 물론 이해조차 하지 않으려고 하기 때문이다.

정신건강의학과 진료실에서는 망상이나 환각에 빠진 환자들을 만나기도 한다. 이들과 이야기를 나누다 보면 정말 이해가 안 될 때도 있다. 예를 들어 관계사고ideas of reference(주위에서 일어나는 일이나 타인의 말과 행동을 자신과 관련지어 생각하고 해석하는 것으로 망상이 있는 사람들의 특징적 사고 유형)와 피해망상을 가진 사람이 있다고 해보자. 이들은 "TV에서 내 이야기를 한다"라거나 "해외 정보기관으로부터 해킹을 당해서 24시간 감시당하고 있다"라는 둥 이해할 수 없는 이야기를 한다. 그럴 때는 어떻게 대화해야 할까?

"아니, 생각을 좀 해보세요. 왜 TV에 나오는 사람들이 당신 이 야기를 하겠습니까!"라며 그의 말이 사실이 아니라고 해봐야 별 도움이 되지 않는다. 망상이나 환각은 논리나 비판으로 흔들리지 않는다.

"선뜻 이해는 안 되지만 그런 일이 벌어진다고 느낀다면 정말 의아하고 불안할 것 같네요."

그의 주장이 사실이라는 데는 동의하지 않아도 그에 따른 감정 에는 공감해주는 것이다. 동의가 안 되더라도 또는 전적으로 이해 가 되지 않더라도 부분적인 동의나 이해가 서로를 이어주는 접점 이 되어 치료적 관계를 형성해준다.

인간관계도 다르지 않다. 상대의 말에 전혀 동의할 수 없고 이 해도 되지 않을 수 있다. 억울한 일들도 벌어진다. 예를 들면 나는 전혀 그럴 의도나 마음이 없는데 상대는 엉뚱하게 "나를 무시했 다"라거나 "너는 나에게 무관심해!"라고 단정짓는 경우가 있다. 그러면 우리는 "너는 왜 이렇게 꼬였냐? 내가 언제 너를 무시했 어!" "너 웃기다. 내가 너한테 무관심하다고! 그럼 지금까지 너를 위해 해준 것은 뭔데!"라고 따지기 쉽다. 이는 논쟁으로 이어지고 결국 "너랑은 대화가 안 돼!"로 끝난다. 두 마음이 아무런 접점을 찾지 못한 채 끊어지고 마는 것이다. 그러나 이런 상황에서도 상대 의 주장에 동의하지는 않지만 부분적으로 이해하고 표현할 수는 있다.

"너를 무시하려는 마음은 없었어. 하지만 네가 무시당했다고 느꼈다면 속상했겠다."

"난 너에게 관심을 보였다고 생각했는데, 정작 너는 무관심하다고 느꼈다면 섭섭했겠다."

동의하지 않아도 감정을 인정해줄 수 있다면 두 마음의 접점을 만들 수 있다. 이 접점으로부터 서로의 마음 깊은 곳에 있는 '우리는 서로 좋은 관계가 되기를 원한다'라는 공통점을 향해 대화를 풀어나갈 수 있다.

갈등 상황에서 어떻게 대화할 것인가?

우리는 갈등 상황에서 감정적으로 불안정해진다. 스트레스로 인해 투쟁-도피 반응에 휩싸여 그저 상대를 공격하거나 입을 닫고 회피하기 쉽다. 마음읽기가 끊임없이 일어나고 마음 헤아리기가 되지 않는다. 의도와 표현의 불일치도 흔히 일어난다. 그러나 마음 헤아리기가 잘 발달한 사람이라면 자신의 마음도 상대의 마음도 헤아려서 갈등을 풀어갈 수 있다. 일반적으로 관계의 갈등을 '억압하는' 것, 곧 '참는' 것은 일시적으로는 도움이 되지만 길게 보면 관계를 악화시킨다. 그렇다면 억압의 반대는 무엇일까? 폭발일까?

아니다. 폭발은 억압의 누적된 결과이거나 제어의 결함이다. 그렇기에 폭발 또한 억압만큼 관계를 파국으로 몰아간다. 억압의 반대는 '표현'이다. 관계 문제로 상담실을 찾는 이들은 대체로 갈등에 억압이나 폭발로 반응하고 표현에는 서툴다. 그들은 원래 그렇게 태어나서가 아니라 어릴 때부터 지금까지 갈등을 대화로 풀어본 경험이 없기 때문이다. 필요한 건 연습이다. 그렇다면 갈등 상황에서는 어떻게 자신의 마음을 표현하는 것이 좋을까.

첫째, 대화의 목적을 상기하라. 자기표현의 핵심은 자신이 원하는 것을 전달하는 데 있다. 그러므로 표현하기 전에 '내가 이 대화(표현)를 통해 전하고 싶은 것은 무엇인가?'라는 질문을 스스로에게 던져야 한다. 자신이 무엇을 원하는지 알고 있어야 표현하다가 길을 잃지 않는다. 특히 대화가 시시비비를 따지는 논쟁으로 흘러가는 것을 알아차리는 순간, 대화의 목적은 갈등을 푸는 것임을 상기하라.

둘째, 공통점을 찾고 연결을 강화하라. 갈등 상황에서 자기표현은 관계를 살리기 위함이지 끊자는 게 아니다. 그러므로 차이를 부각하기보다는 공통의 영역을 넓혀가야 한다. 특히 전적인 동의와 인정이 어렵다면 부분적 동의나 인정을 해줄 필요가 있다. 또한 대화 중간중간 작은 것이라 하더라도 서로 동의할 수 있는 부분을 다시금 확인하면 좋다. 이를테면 자신이 부드럽게 말하려고 노력한다는 것을 남편도 느낀 적이 있다고 반응한다면 "그래도 내가 가끔은 부드럽게 이야기한다는 것을 당신도 느낀다는 거지?"라고 확인하는 식이다.

셋째, 자기 입장을 표현할 때는 '내 생각에는……' '내 느낌에는……'이라고 시작해보자. 내 생각이나 감정이 옳다고 주장하는 것이 아니라 내 관점에서 그렇게 생각하고 느낄 수 있다는 것을 전하는 것이다. 이러면 '나는 옳고 너는 틀렸다' 식으로 판단하는 인상이 덜해서 갈등을 줄일 수 있다.

넷째, 일반화해서 이야기하지 말고 구체적인 사실을 표현하라. 대화에서 피해야 할 단어들이 있다. '늘' '항상' '언제나' '한 번도' '결코' 등 단정적이고 일반화하는 용어들이다. 우리는 감정이 상할수록 사실을 이야기하기보다 지나치게 일반화해서 표현하고, 상대의 의도까지 넘겨짚어 단정 짓기 십상이다. 그러나 상대의 의도까지 부정적으로 표현하거나 상대방에 대한 부정적 판단이 끼어드는 것은 갈등 해결에 전혀 도움이 되지 않는다. 자동방어나 공격을 유발할 뿐이다. 되도록 지금 이 순간 상대의 어떤 표현과 행동이 어떻게 느껴져서 마음이 상했는지 구체적으로 이야기해야 한다.

다섯째, 리허설을 하라. '잘 표현해보자!'라는 결심만으로는 실제 상황에서 잘 표현되지 않는다. 제대로 표현하려면 대본을 가지고 연습하는 것이 좋다. 어떻게 표현하면 좋을지 자기표현의 내용을 구체적으로 적어서 연습해보자. 실제 경험과 맞먹는 연습을 하면 할수록 실제 상황에서 유사하게 표현할 수 있다.

여섯째, 갈등을 한 번의 대화로 풀려고 하지 마라. 오래된 갈등일수록, 서로 감정이 상한 일일수록 갈등은 한 번의 대화로 풀리지 않는다. 의도와 결과는 꼭 일치되지 않는다는 사실을 명심하라. 갈등을 풀려는 의도로 대화를 시작해도 마음과 달리 오히려 갈등을 키우는 방향으로 나아갈 수 있다. 그럴 때는 끝까지 풀려고 하기보다는 환기를 시키고 다음을 기약하는 것도 좋다. "대화로 풀고 싶은데 잘 안 되네. 좀 더 생각해보고 다시 이야기하자." 이것이 갈등의 회피냐 아니냐는 실제로 다음에 대화를 먼저 시도하는지 여부에 달려 있다.

쉽지 않은 일이지만, 한 번이라도 갈등을 대화로 풀어보기 바란다. 그 경험으로 당신의 갈등 해결 역량은 눈에 띄게 커져 있을 것이다.

7 관계의 기울기 회복

과연 손절이 답일까?

언제부터인가 인간관계에서 '손절損切'이라는 말이 등장했다. 손절은 경제용어로서 주식을 매입했는데 예상과 달리 주가가 내려갈 때, 더 큰 손해를 보기 전에 주식을 매도하는 것을 가리킨다. 그런데 이 용어가 어느 틈에 인간관계에 적용되고 있다. 인간관계에서 손절이란 어느 정도 손해를 볼 것 같으면 관계를 단절해버리는 것을 말한다. 문제는 주식에서도 손절을 잘하는 게 중요하듯, 인간관계에서도 손절이 필요하다는 것을 넘어 잘하는 것이 좋다는 의미로 남용된다는 점이다. 이해가 가지 않는 것은 아니다. 얼마나 스트레스를 받고 마음이 상하면 단절을 생각하게 되었을까?

참을 만큼 참았다가 이야기하지 말자

2015년 남미로 트래킹을 갔을 때 일이다. 하루는 4인실 호스텔에 투숙했는데 나 혼자밖에 없었다. 그런데 아침에 일어나보니 다른 여행자가 잠을 자고 있었다. 아마 새벽녘에 들어온 모양이었다. 나는 그 여행자의 잠을 방해하지 않으려고 조심조심 짐을 챙겼다. 그런데 짐을 거의 다 챙길 무렵에 그 여행자가 침대에서 벌떡 일어나더니 버럭 소리를 질렀다. 대략 "왜 잠을 못 자게 해! 대체 언제까지 짐을 쌀 거야!"라는 이야기였던 것 같다.

짐작건대 그 여행자는 내가 짐을 꾸리기 시작한 지 얼마 안 되어 잠에서 깬 모양이다. 금방 챙겨서 나갈 거라고 예상했는데 몇십 분 동안 계속 부스럭거리는 소리가 나자 더는 참을 수 없어서 소리를 지른 것이었다. 나는 그 여행자가 잠에서 깨어난 것도 몰랐기에 어이가 없었다. 만약 그 여행자가 처음부터 이렇게 이야기를 했다면 어땠을까?

"늦게 잠이 들었는데 일단 짐들을 방에서 빼고 밖에서 배낭을 꾸리면 안 될까요?"

그랬다면 나는 흔쾌하게 응했을 것이다.

관계에서 친밀함은 동전의 양면이다. 누군가와 가까워지면 연결감을 느끼는 동시에 불편감을 경험할 수밖에 없다. 특히 한 공간에서 같이 생활하면 더욱 예기치 못한 불편함이 생길 수 있다. 이는 대부분 의도된 불편함이 아니므로 불편하다고 이야기를 나눠야 한다. 그러나 많은 사람이 불편하다고 말하기보다는 일단 참는다. 아니, 계속 참는다. 최대한 참았다가 더는 참을 수 없는 지경이 되면 말을 꺼낸다. 어떻게 될까? 오히려 말하지 않으니만 못한 경우가 많다. 표현보다는 폭발에 가까워지기 때문이다. 본의 아니게 단절의 결정적 이유가 되고 만다. 어떤 이들은 그런 상황을 두고 손절했다고 표현한다. 하지만 그것은 사실 미숙함이다. 자기표현이 어려운 이들에게 필요한 미덕은 참거나 손절하는 게 아니라 표현이다. 불편한 것을 불편하다고 이야기하는 연습이 필요하다. 부드럽게 얘기하려면 참을 만큼 참았다가 이야기해서는 안 된다. 인내의 한계가 10이라고 한다면 7점을 넘기지 말고 3~6점일 때 표현해보는 연습이 필요하다.

손절은 최후의 방법이다

물론 관계를 정리해야 할 때가 있다. 그러나 관계를 정리하기 전에 생각해보자. 과연 상대와의 관계에서 내가 느끼는 스트레스와 피해가 과연 상대방의 일방적 잘못에서 비롯된 것일까? 교통사고에 100퍼센트 일방과실이 드문 것처럼 인간관계에서의 갈등 역시 대부분은 쌍방과실이다. 내가 운전을 조심한다면 모든 교통사고를 예방하지는 못해도 꽤 많은 사고를 예방할 수 있는 것도 사실이다. 손절은 우리가 할 수 있는 노력을 다해본 다음에 마지막으로 선택하는 방법이다. 자신을 계속 이용하고 조종하는 해로운 관계를 끊어내지 못하는 것도 문제이지만, 반대로 갈등이나 불편함이 있으면 관계를 끊어버려서 오랜 관계가 없는 것 또한 문제다.

모든 관계에는 기울기가 있다. 이상적으로는 서로를 똑같이 위하는 수평적이고 평등한 관계가 좋지만, 현실적으로는 양방 중 어느 한쪽으로 관계가 기울어 있다. 어느 한쪽이 상대를 더 좋아하고 위해주는 것이다. 중요한 것은 자신이 어느 정도까지 관계의 기울기를 감수할 수 있는지를 아는 것이다. 우리는 각자의 한계 안에서 관계 기울기의 불균형을 감지하고 이를 조정해야 한다. 그러지 않으면 참고 또 참다가 결국 폭발하거나 단절하기 쉽다.

그렇다면 불균형 신호를 어떻게 알 수 있을까? 대표적인 불균형 신호는 '피해의식' '보상심리' '만성적 분노'다. 나만 혼자 애쓰고 있다는 피해의식, 내가 베푼 것의 일부라도 돌려받아야 한다는 보상심리, 그리고 이들로 인해 생겨나는 만성적 분노(단지 섭섭함이나 서운함이 아니라)야말로 본인이 감당하기 힘들 정도로 관계가 기울었음을 말해준다.

관계의 기울기가 한계를 넘어선 것을 알아차렸다면 어떻게 해야 할까? 흔히들 거리두기를 택한다. 적당한 거리가 답일 수 있지만, 한계가 명확하다. 자칫 '매번 나만 연락하고 너는 나한테 연락 안 해? 좋아, 그럼 나도 안 해!'가 되어버려 또 다른 방식의 손절이 되고 만다. 거리두기 말고 또 무엇이 있을까? 쉬운 방법은 아니지만 대화를 시도하는 것이다.

이때 중요한 것은 자신의 마음 헤아리기다. 이는 앞에서도 이야기한 것처럼 불만이나 감정 뒤에 감추어진 자신의 욕구를 이해하고 표현하는 것이다. 그리고 자신이 왜 그것을 원하는지, 그럴 때 어떻게 느끼는지를 설명하는 것이다.

관계의 기울기를 바로잡는 대화

좀 더 구체적으로 이야기해보자. 관계의 기울기를 조율하는 대화는 자기 마음 헤아리기와 함께 욕구를 표현하는 게 중요하다.

예를 들어 당신에게 술을 좋아하는 친구가 있다고 해보자. 이 친구는 꼭 다른 사람과 술을 마시고 나서 술을 더 마시고 싶을 때면 당신에게 보고 싶다며 나오라고 전화한다. 늦은 시간인 데다 친구는 이미 술기운이 거나하게 오른 상태다. 당신은 한두 번은 기꺼이 나갈 수 있다. 그러나 그런 식의 행동이 반복되면 자신을 만만하게 여기는 것 같아 기분이 상할 수 있다. 그러면 친구에게 "넌 왜 맨날 술 취하면 밤늦게 전화해서 불러내냐? 내가 만만해서 그래?"

라며 화를 낼 수도 있다. 불만이나 분노에만 집중하는 표현이다. 그러면 상대는 방어적으로 나오거나 공격적으로 반응할 수 있고, 나아가 관계가 단절될 수도 있다.

그렇다면 어떻게 표현하면 좋을까? 당신의 욕구를 표현해보자. 당신의 욕구는 친구가 취한 상태로 만나기를 원치 않는다. 처음부터 약속을 정해 같이 식사하며 술을 마시고 싶은 것이다. 그렇다면 그 욕구에 초점을 맞춰 표현한다.

"나는 너랑 처음부터 같이 술 마시면서 얘기하고 싶어. 다음에 약속을 정하고 만나자."

이런 대화 한 번으로 관계의 기울기가 바뀌지는 않을지 모른다. 하지만 막연히 내 마음을 알아주기를 바라기보다는, 내가 욕구를 표현할 때 상대가 어떻게 반응하는지 살펴볼 수 있다. 앞으로 그 관계를 어떻게 할지 좌우하는 중요한 지표가 된다. 이렇게 이야기하는데도 전혀 변화하지 않거나 "너는 그런 것도 이해 못 해?" 식의 반응을 보인다면 관계를 재고해볼 필요가 있다.

때에 따라서는 욕구를 표현할 때 그게 왜 중요한지, 그로 인해 어떤 변화가 있을지를 이야기해줘야 한다. '원하는 것을 설명해야' 설득력과 호소력이 커지기 때문이다.

자신의 욕구를 이야기하는 데 익숙하지 않은 사람들에게는 고

역일 수 있는데, 처음에만 그렇지 시간이 지날수록 나아진다. 자기 욕구를 솔직하게 표현하면 큰일이 벌어지기는커녕 오히려 관계의 기울기가 회복되는 실마리가 된다. 상대가 꼭 달라지지 않아도 된다. 자신이 원하는 것을 다른 사람에게 이야기했다는 사실만으로도 충분하다. 관계 문제가 괴로운 것은 상대가 바뀌지 않아서이기도 하지만, 원하는 것이 있는데도 상대에게 표현하지 못해서일 때도 많다. 자신의 감정과 욕구를 표현하다 보면 스스로를 대하는 태도가 달라지고, 자신을 점점 더 좋아할 수 있다. 그러면 관계에도 긍정적인 영향을 끼칠 것이다.

마음 헤아리기 대화

마음 헤아리기 대화가 실제로 단계를 따라 이루어지지는 않지만 그 과정을 촉진하기 위해 4단계로 나누어 연습해보자. 중간중간 마음 헤아리기 스위치가 꺼지고 마음읽기로 돌아가기 쉽다. 이를 알아차리고 다시 마음 헤아리기로 돌아오는 것이 마음 헤아리기 연습이다.

1단계. 마음 헤아리기 스위치 켜기: 나는 아직 네 마음을 몰라

자동적 마음읽기를 멈추고 마음 헤아리기 스위치를 켠다. 상대의 마음을 내가 잘 모른다는 것과 그 마음을 알고 싶다는 관심을 떠올린다. 다음과 같은 혼잣말이 도움이 된다.

> '내 마음과 네 마음은 다를 수 있어.'
> '나는 네 마음을 잘 몰라.'
> '네 마음을 알고 싶어.'

2단계. 적극적 경청: 좀 더 이야기해줄 수 있나요?

상대의 마음을 헤아리기 위해 호기심을 갖고, 상대의 마음을 물어보고, 상대의 대답에 귀 기울인다. 다음과 같은 질문이 도움이 된다.

> "너의 마음이 궁금해."
> "지금 마음이 어떤가요?"
> "좀 더 이야기해줄 수 있나요?"

3단계. 내 마음 헤아리기: 내 감정과 욕구는 무엇인가?

자신의 마음을 헤아리는 데서 핵심은 자신의 상태를 파악하고 감정과 욕구를 이해하는 것이다. 다음과 같은 혼잣말이 도움이 된다.

> '내가 이렇게 느끼는 데는 그럴 만한 이유가 있어.'
> '내가 느끼는 감정들은 무엇이지?'
> '내가 원하는 것은 무엇일까?'
> '지금 내 상태는 어떤가?'

4단계. 메타 커뮤니케이션: 대화의 목적은 무엇인가?

대화의 목적을 떠올리며 대화를 관찰하고 원하는 방향으로 나아가기 위해 나의 욕구를 표현하고 대화를 조절한다. 다음과 같은 혼잣말이 도움이 된다.

> '이 대화의 목적은 무엇인가?'
> '대화가 내가 원하는 방향으로 나아가고 있는가?'
> '내가 원하는 것을 어떻게 전달하면 좋을까?'

인간은 연습하는 생명체다

여러분은 지금까지 얘기한 마음 헤아리기를 삶과 관계에 적용할 수 있겠는가? 쉽지 않은 일이다. 마음을 헤아려야겠다고 마음을 먹지만 막상 예상과 다른 상대의 반응을 마주하면 우리는 당혹스러워하며 자동으로 반응을 일으킨다. 마음 헤아리기 스위치를 켜기도 어렵지만 켰다고 해도 금방 꺼지기 쉽다. 당연한 일이다. 당신이 원하는 구체적 반응이 뇌 속에 입력되지 않았기 때문이다. 입력된 게 없는데 어떻게 출력이 되겠는가! 관계 갈등으로 괴로워하는 당신의 문제는 능력이 없는 게 아니라 충분히 연습하고 경험하지 못한 것이다. 웬만한 일은 충분한 연습을 거치면 일정한 수준에는 도달할 수 있다. 하지만 무작정 노력하는 것이 아니라 문제를 이해하고 해결 전략을 세우고 체계적으로 연습하는 과정이 필요하다.

관계도 그렇다.

한 사람을 이해하기까지 꽤 많은 시간이 걸리는 것처럼 한 사람이 변화하는 데도 많은 시간이 필요하다. 그러므로 변화를 바라는 사람이 있다면 충분한 시행착오를 겪을 수 있도록 시간을 허락해줘야 한다. 변화는 직선이 아니라 전진과 후퇴를 오가면서 나아가기 때문이다.

인간이 뼛속 깊이 사회적 존재라는 사실은 우리가 언제 행복했고 언제 불행했던가를 떠올려보면 쉽게 알 수 있다. 당신이 행복했던 순간을 떠올려보라. 함께 행복해하는 누군가가 보일 것이다. 불행했던 순간은 어떤가? 고통 속에 혼자 있는 모습이 떠오를 것이다. 당신이 아무리 많은 것을 이루었어도 혼자라고 느낀다면 불행할 것이고, 고통 속에 있지만 곁에 함께하는 누군가가 있다면 그 고통은 견딜 수 있다. 물 없이 물고기가 살아갈 수 없듯이 인간은 관계를 떠나 살아가지 못한다. 인간은 관계 덕분에 가장 행복하고 관계 때문에 가장 불행한 존재다. 나는 관계의 문제에서 답을 찾지 못하는 사람들을 만날 때마다 이인삼각 경주를 비유로 든다.

"초등학교 때 이인삼각 경기 해본 적 있으신가요? 처음에는 서로 호흡이 안 맞아서 계속 걸리고 넘어졌을 것입니다. 다른 팀들이 앞질러 가면 마음이 급해져서 더 호흡이 안 맞았을 겁니다. 그러는 사이 마음속으로는 끈을 풀고 혼자 뛰거나 다른 파트너랑 뛰면 좋겠다고 수없이 생각했을지도 모릅니다."

사람들은 정말 그런 심정이라고 답한다. 그럼 나는 다시 묻는다. "그렇다면 이인삼각 경기를 잘하는 사람들은 처음부터 호흡이 잘 맞았을까요? 아니면 처음에는 발을 맞추려고 노력하다가 점점 호흡이 맞았을까요?" 처음에는 자기도 할 만큼 했다고 하는 대답이 나오지만 결국에는 서로 논의해서 제대로 연습하지 못했음을 인정한다. 호흡을 맞추기 위해서는 자기 속도를 고집하지 않아야 한다. 자기만 노력하고 상대는 노력하지 않는다고 단정하지 말아야 한다. 그저 "잘해보자!"라는 당위만으로는 나아지지 않는다. 어느 정도의 보폭으로 뛰어야 호흡을 맞출 수 있는지, 서로 몸의 어디를 붙잡는 것이 좋은지, 어떤 구호를 붙이는 것이 좋은지 구체적인 방법들을 찾아가야 한다. 그렇게 연습을 하다 보면 어느 순간 호흡이 맞는 순간이 찾아온다. 어깨동무를 하고 "하나, 둘! 하나, 둘!" 구호에 따라 발맞춰 잘 뛰어가게 된다. 그때의 기쁨은 혼자 뛰었을 때와는 비교할 수 없이 크다. 악기 연주나 운동에서 연습을 통해 한 단계 실력이 향상되었을 때 느끼는 희열감과 비슷한 느낌이다.

한 사람이 먼저 상대의 마음을 헤아리면 다른 사람 또한 상대의 마음을 헤아린다. 헤아림이 헤아림을 낳기 때문이다. 이렇게 서로의 마음을 헤아리면 점점 호흡을 맞춰갈 수 있다. 서로 원하는 것을 주고받을 수 있다. 혼자서는 결코 알지 못했을 자신의 가능성과 새로움을 발견할 수 있다. 서로를 자극하고 상호확장이 일어나는 것이다. 관계 안에서 자아가 위축되는 것이 아니라 '나'도 커지고 '너'도 커지고 '우리'도 커갈 수 있다. 그것이 마음 헤아리기에 바탕을 둔 좋은 관계다. 당신도 마음 헤아리기 연습을 통해 그 기쁨에 동참하기를 바란다.

나는 인간을 '되어감becoming의 존재'로 본다. 인간은 인간으로 태어나는 것이 아니라 인간으로 되어갈 뿐이다. 좋은 관계 역시 만들어가는 것이다. 잃어버린 반쪽을 만나 바로 하나가 되는 완성형의 관계는 현실에 존재하지 않는다. 그러므로 삶과 관계에서 누구에게나 필요한 것은 '연습'이다. 마음읽기 습관에서 벗어나 마음 헤아리기 연습으로 나아가야 한다. 의식적인 반복으로 습관적인 반복을 넘어설 수 있다. 끝으로 철학자 페터 슬로터다이크Peter Sloterdijk의 말을 더하며 이 책을 마무리한다.

"인간은 반복하는, 더 정확히 말하면 '연습'하는 생명체다. 더 정확히는 연습하지 않을 수 없는 생명체다."

참고문헌

Ein-Dor, Tsachi et al. Effective Reaction to Danger: Attachment Insecurities Predict Behavioral Reactions to an Experimentally Induced Threat Above and Beyond General Personality Traits, *Social Psychological and Personality Science* 2, no. 5 (2011).

Kilpatrick, S. D., Rusbult, C. E., Bissonnette, V., Empathic accuracy and accommodative behavior among newly married couples. *Personal Relationships* 9 (2002).

Larsen, R. The Contributions of positive and negative affect to emotional well-being. *Psychological Topics* 18 (2009).

Lavy, Shiri et al. The Effects of Attachment Heterogeneity and Team Cohesion on Team Functioning, *Small Group Research* 46, no. 1 (2015).

Reissman, Charlotte, et al. Shared Activities and Marital Satisfaction: Causal Direction and Self-expansion versus Boredom. *Journal of Social and Personal Relationships* (1993).

Van Overwalle, F., Baetens, K.(Vrije Universiteit Brussel), Understanding others' actions and goals by mirror and mentalizing systems: a meta-analysis, July 2009 *NeuroImage* 48(3).

Jon G. Allen 지음, 이문희 외 옮김, 《애착외상의 발달과 치료》(박영사, 2020).

대거 켈트너 지음, 하윤숙 옮김, 장대익 감수, 《선의 탄생》(옥당, 2011).

레베커 네이던 지음, 심계순 옮김, 《미국의 대학생은 지금》(다산미디어, 2006).

레온 빈드샤이트 지음, 이덕임 옮김, 《감정이라는 세계》(웅진지식하우스, 2022).

박인조(서울대학교), 민경환 (서울대학교). 한국어 감정단어의 목록 작성과 차
    원 탐색, 한국심리학회지: 사회 및 성격, (P)1229-0653; 2005, v.19, no.1,
    pp.109~129.

윌리엄 이케스 지음, 권석만 옮김, 《마음읽기》(푸른숲, 2008).

존 티어니, 로이 F. 바우마이스터 지음, 정태원 외 옮김, 《부정성 편향》(에코리브
    르, 2020).

크리스티나 뮌크 지음, 박규호 옮김, 《행복을 찾아가는 자기돌봄》(더좋은책,
    2016).

피터 포나기, 앤서니 베이트만 지음, 노경선정신치료연구회 옮김, 《정신화 중심
    의 경계성 인격장애의 치료》(NUN, 2010).

피터 포나기, 앤서니 베이트먼 지음, 석정호 옮김, 《인격장애 환자를 위한 마음헤
    아리기 치료 1, 2》(NUN, 2022).

나를 잃지 않고 관계를 회복하는
마음 헤아리기 심리학

관계의 언어

초판 발행 · 2023년 12월 15일
초판 5쇄 발행 · 2024년 7월 5일

지은이 · 문요한
발행인 · 이종원
발행처 · (주)도서출판 길벗
브랜드 · 더퀘스트
출판사 등록일 · 1990년 12월 24일
주소 · 서울시 마포구 월드컵로 10길 56(서교동)
대표전화 · 02)332-0931 | **팩스** · 02)323-0586
홈페이지 · www.gilbut.co.kr | **이메일** · gilbut@gilbut.co.kr
대량구매 및 납품 문의 · 02)330-9708

기획 및 책임편집 · 박윤조(joecool@gilbut.co.kr) | **편집** · 안아람, 이민주 | **독자지원** · 윤정아
마케팅 · 한준희, 정경원, 김선영, 이지현 | **영업관리** · 김명자, 심선숙 | **제작** · 이준호, 이진혁, 김우식

교정교열 및 전산편집 · 이은경 | **표지디자인** · 어나더페이퍼 | **CTP 출력, 인쇄, 제본** · 금강인쇄

ISBN 979-11-407-0725-6 03180
(길벗 도서번호 040262)

정가 17,000원

독자의 1초까지 아껴주는 길벗출판사

(주)도서출판 길벗 | IT교육서, IT단행본, 경제경영서, 어학&실용서, 인문교양서, 자녀교육서 **www.gilbut.co.kr**
길벗스쿨 | 국어학습, 수학학습, 어린이교양, 주니어 어학학습, 학습단행본 **www.gilbutschool.co.kr**

페이스북 **www.facebook.com/thequestzigy**
네이버 포스트 **post.naver.com/thequestbook**